U0057142

獻給殺人魔的居家清潔指南

崑崙 著

獻給殺人魔的居家清潔指南。

再也不讓亂噴的鮮血與殘肢毀了精心挑選的家具！

推薦序

作家—陳浩基

雖然我沒有批踢踢帳號，但我有用 RSS 訂閱 PTT Web 的某些看板，偶然看看有沒有什麼新文章新消息。某天看到一篇篇名很有趣的小說創作，讀了第一回，覺得很受吸引，可是因為公事繁忙，再次看到時已連載到一半，我便懶得爬文。事隔兩年，收到編輯朋友邀請推薦新書，傳來的作品居然便是那部驚悚懸疑小說，亦即是您手上的這本《獻給殺人魔的居家清潔指南》。

坊間有不少恐怖驚悚小說純粹以獵奇掛帥，務求以官能刺激吸引讀者，若以此標準來衡量，《獻給殺人魔的居家清潔指南》絕對不輸其他作品，故事中不論殺人分屍或酷刑虐待的情景都描寫得相當嚇人、栩栩如生；而比其他恐怖小說更出色的，是本作兼具黑色幽默與懸疑的兩大特質，兩者亦不輸同類小說。

男主角十年殺人手法乾淨俐落，但他的潔癖症令凶殺現場帶著強烈的荒謬落差感，加上作者設定的特殊背景，令情節在黑暗之餘帶著幾分幽默；女主角曉君的「社畜」身分更反映出上班族生不如死的苦況，她的遭遇在悲哀慘酷之餘，又會令讀者莞爾；另一方面，作者在故事中不斷布下懸念，比如十年的過去、各個殺人魔的行動、情報販子與女醫師插手事件的理由，每一條故事線彼此交纏，最後作者更梳理出一幅完整合理的構圖，揭開真相。

值得留意的是，作者在描寫角色細節上非常用心，各人的小動作都或多或少反映出角色個性，雖然它們未必稱得上是伏線，但細心觀察的話會發現這些元素大大豐富了作品的趣味性，叫人讚嘆。假如您喜歡驚悚或懸疑小說，這部作品絕不容錯過！

目錄

一、應該定期打掃，不然對受害者很失禮

颱風來襲令台北停班停課，可惜曉君沒有因此賺到一天假，仍是待在公司加班，直到晚上十點多才離開。

略涼的街頭飄著細雨，台北受到的影響不大，但偶爾颳起的強風差點毀了曉君的傘。她走路的姿勢有些奇怪，都是因為在辦公室坐了整天，鮮少起來活動，肌肉難免僵硬發痠。

曉君疲憊地嘆氣。幸好明天的休假日沒被剝奪。她決定去看場電影，亂吃爆米花再喝下冰透的可樂，撫慰颱風天被迫上班的悲哀心情。

售票處的隊伍不短，甚至比平日還多。她耐心地排隊，腳後跟隱隱作痛，這雙廉價的跟鞋實在難穿，果然將就著只是為難自己。

將就。她想到目前這份工作也是將就，薪水剛好與房租還有日常支出打平，存款等於零。老闆機車同事機歪客戶機掰，自己的資歷最淺，被明著或暗裡捅刀都是家常便飯。

最恨的是被捅之後還要笑著說謝謝，眼淚都往肚子裡吞。難受。

曉君拍拍臉頰，既然下班了就別想這些，好好享受眼前的電影比較實在。電影播畢，字幕出現，影廳裡昏黃的燈亮了，曉君猶如大夢初醒。她輕輕擦去眼淚，結局有些感傷。

夢醒後回歸現實，曉君跟著散場人潮離開戲院，騎上顯舊的二手機車，迎著細雨返家。

她在小巷裡停好車，半夜兩點的巷區陰暗無人，遠處有發情的貓淒厲地叫著，聽起來像嬰兒的哭聲。

拎著安全帽跟手提包，踩著鞋底很硬的跟鞋，曉君拖著疲憊的腳步離開停車處。現在的她只想洗個熱水澡，然後跳進被窩直接睡到明天晚上。好累，好重，眼皮幾乎要闔上。

突然從身後冒出的大手摀住曉君的口鼻。大手抓著散發異味的破布，曉君嗅到那氣味頓時一陣暈眩。右腳的鞋跟在掙扎中應聲斷裂。

失去意識前她想著，怎麼這麼老套的戲碼會發生在自己身上？原來凡事沒有最糟只有更糟……

×××××

陳伯的身子陷進破爛的沙發，發黃的眼珠瞪著亂轉的電視畫面。

綜藝節目的藝人說著過時又粗俗的爛笑話，笑得比瘋人院的病人還開心，一旁的跟班藝人當然也要捧場地跟著大笑。陳伯直接轉台。

政論節目的名嘴大聲疾呼執政黨要為風災負責。陳伯轉台。樂於散播恐慌的新聞不斷報導颱風肆虐所造成的慘烈災情，記者的引導式問答相當具有水準，可以說是製造業的典範。

陳伯轉台。轉台、轉台、轉台。門鈴響了。

他慢慢望向玄關，手上動作不停，又轉了台。

門鈴又響。陳伯終於擱下遙控器，甘願起身應門。門外是個戴著安全帽的披薩店小伙子。

「你好，披薩外送喔！」

「東西跟找的錢放門外。」陳伯從口袋翻出一張皺巴巴的五百元紙鈔，從鐵門欄杆的縫隙塞了出去，沒有要開門的意思。

小伙子接過鈔票，把披薩跟零錢放下後便離開了。

陳伯確定腳步聲遠去才打開門。正要拿起熱騰騰的披薩時，頸間突然一涼，發現有什麼液體濺在身上，帶著溫度，連帶灑在了披薩的紙盒上。

那點點鮮紅令他一陣暈眩。

陳伯低下頭，發現汗衫同樣一片濕紅。他不明白發生什麼事，太突然了，還想著該把披薩拿進來趁熱吃了，零錢也得收好，免得被鄰居偷去……

但是陳伯什麼都拿不動，只能慢慢退回屋裡，一屁股坐倒。

血仍在流，陳伯終於感覺到頸子那裂口帶來的痛楚。好不真實，他手虛握著，想轉台、轉台。

一個陌生臉孔從門外探頭，皮膚很白，襯得那對眼睛更加幽黑。陳伯發現少年的瞳孔裡沒有光。

少年捧著披薩紙盒進屋，就近擱在門邊。連帶地，一把沾血的小刀放在濕紅的紙盒上。陳伯恍然大悟，他想問為什麼找上自己，但所有疑問都化為從裂口發出的嘶嘶氣音。

少年對垂死的陳伯視若無睹，從背包拿出抹布跟橡膠手套。陳伯注意到少年原本就戴著黑色皮手套，可是現在卻再套上橡膠手套。

戴兩層手套有什麼意義？陳伯不解，但開始發冷的他無暇多想。

少年自顧自地擦掉樓梯間的血跡。動作非常熟練，專業如匠。

「借個浴室。」拎著紅色抹布的少年說。

下意識指出浴室方向的陳伯突然想到，或許該為自己叫救護車？

浴室的門關著，少年扭動門把，找到牆邊的電燈開關，在洗手檯清洗起抹布。他注意到浴簾後有動靜，隨手掀開。

有個女人半浸在浴缸裡，雙手跟磁磚牆上的水龍頭綁在一塊，嘴裡塞著爛布。渾身溼透的女人驚恐地搖著頭，發出嗚嗚聲，似乎在求救，又像求饒。

少年拉起浴簾，繼續處理抹布，彷彿什麼都沒看見。

浴簾後的女人開始掙扎，可以聽見水花濺起的聲音，也許是少年的出現讓她有逃脫的希望。

遺憾的是，清洗完畢的少年只是將抹布擰乾，用洗手檯下的小水盆裝了水，關燈帶上門就離開了，獨留女人在黑暗的浴室。

回到玄關的少年配著水，將剩餘的血跡擦拭乾淨，接著從背包拿出空氣芳香劑，對著樓梯間噴了幾下，直到再也聞不到鮮血的腥味，又謹慎確認門上沒有沾到血跡，最後才無聲地將門關上。

陳伯已經蜷縮在地，臉倚著髒兮兮的地板。從這裡可以瞄到電視，現在在播什麼？還有浴室的女人……

太可惜了，不該貪看電視，應該早點開始……

少年環顧屋內，最後視線落在陳伯臉上，「沒有打掃的習慣？」

陳伯虛弱地搖頭，他好想窩回沙發，那裡的溫度他才熟悉。

儘管有些突兀，但少年開始打掃屋內，他當自家似地大方取用掃把，掃去地上紙屑，將散落在沙發邊的飲料空罐跟泡麵紙碗集中起來。

陳伯好久沒看到空無一物的桌面。

「你應該定期打掃，不然對受害者很失禮。」少年對著陳伯說教，然後從背包取出自備的去漬油。包裡雜物雖多，但依序排放整齊，全是清潔用具。

少年耐心等待陳伯最後的血流乾。他總是很有耐心，從盯上陳伯開始，花了近一個月埋伏，終於在稍早前抓到機會。

送披薩的小伙子下樓時，正好與埋伏的少年擦身而過，還以為少年是這裡的住戶。藉著披薩外送員腳步聲的掩護，少年在陳伯的注意力完全被吸引走時藏在門邊。

當陳伯開門的瞬間，少年劃開他的喉嚨，沒有猶豫，迅速而且精準。

陳伯的嘴唇蠕動著，像被釣上岸的魚，嘴巴開闔不斷。

少年仍在等。

「血跡最好先用冷水擦拭，後續的處理會更輕鬆。」少年突然想到，順口提醒：「不過，我猜你不必煩惱這個問題了。」

懷著對於電視正在播映什麼的困惑，陳伯終於死去。茫然的眼神就像失去訊號的電視畫面。

少年默不作聲地開始清理一地狼藉。

×××××

曉君很後悔。

她後悔不該去看午夜場電影，應該直接回家。被冷醒的她發現身處黑暗之中，胸部以下浸在水裡。手腕被繩索綁著，很痛。

雙手觸碰到比冷水更加冰冷的物體，而且堅硬。摸索後才發現是水龍頭。

這裡是浴室？曉君猜測。

她的嘴巴被強迫撐大，雙頰的肌肉因此發痠，全因為嘴裡塞著帶著汗臭的爛布。擔心不會被人發現的絕望感讓她慌張起來，無數可怕的想像在腦海裡狂亂地爬梭，令她開始落淚。

不想死。

明明已經過著沒有生活品質可言的倒楣日子，為什麼還要遇到這種慘事？曉君又生氣又難過地想著。自己不過是個平凡的上班族，雖然沒作過什麼好事，但也沒危害過人，為什麼會這麼倒楣？

燈突然亮了，畏光的曉君反射性地閉起眼睛。隔著浴簾，她聽到進來的人正在清洗著什麼東西。

曉君不安地挨著牆，終於能夠睜眼的她看見滿是壁癌的天花板，汙漬痕跡像扭曲的人臉。

浴簾隨後被揭開。曉君驚嚇地緊盯突然出現的清秀少年，對方看上去人畜無害，卻拿著滴血的紅色抹布。

她才剛湧上的安心感立刻消散無蹤，嗚嗚咽咽地想求饒，但少年隨即無情地拉起浴簾，又清洗了一會便離開了。

毫無預警地，四周再次陷入黑暗。曉君止不住哭泣，眼淚鼻涕流了滿臉，粗布堵住她的嘴，無法放聲大哭，只能心慌地猜想自己的下場究竟會如何？

同樣沒有預兆，浴室的燈再次亮了起來。掀開浴簾的又是剛才那名少年，他一臉無辜地盯著曉君，打開手上的紙盒——是披薩。

「吃嗎？」少年問。

二、披薩沒有沾到血，我確認過了

曉君默不作聲地吃著披薩。雖然衣服溼透，但在悶熱的屋內正好涼快。照理說她應該儘快離開，但礙於少年的身分未明，她決定不要輕舉妄動暫且乖乖配合，然後再找機會逃走。

披薩是經典的夏威夷口味，蝦仁跟鳳梨塊莫名合拍且美味。剛開始曉君還很客氣地小口咬著，但被綁架的她已經一整天沒進食，披薩下肚才終於驚覺有多飢餓，一不留神便狼吞虎嚥起來。手上的披薩瞬間消失。

她猶豫該怎麼開口索求。少年雖然顧著挑去披薩上的鳳梨塊，倒也心思細膩：

「我不餓，你盡量吃沒關係。」

於是曉君拿了第二塊、接著是第三塊……直到不小心打起飽嗝。她漲紅著臉，困窘地別過頭去。

少年根本不在意，將挑光鳳梨的披薩隨意扔進垃圾桶，抽出濕紙巾擦手，接著在掌心倒了清潔酒精，抹乾後才戴回黑色皮手套。

這人是不是有潔癖？曉君好奇。

她不時偷瞄少年，他是救命恩人沒錯，但怎麼會闖進這裡？她直覺認定少年不是這裡的住戶，因為他太乾淨，跟這陰暗骯髒的屋子完全不同。

什麼樣的人造就出什麼樣的環境，曉君深信這點。不過這不代表少年跟綁匪沒關係。

曉君注意到玄關旁的大袋子，實在過於醒目，像是電影裡常見的裝屍袋。該報警嗎？他會不會反過來對自己不利？

少年突然起身，曉君緊張地脫口而出：「我什麼都不會說出去，我會當成什麼都沒發生！」

但少年恍若未聞地打開電視旁的冰箱，「要喝可樂嗎？」

「冰透的嗎？」曉君不假思索反問，發現冰箱中除了可樂，另外還有裝在塑膠袋裡的肉塊，隱隱約約飄散出異味。

少年找來玻璃杯，先用消毒酒精擦拭過才用清水沖洗。曉君雖然覺得過於講究，但玻璃杯的確有點髒，杯面沾滿指紋跟霧似的汙垢。

曉君接過可樂，指尖傳來的冰涼感讓她毫不猶豫地一口氣喝乾，發出痛快的嘆聲，彷彿在暢飲啤酒。然後又忍不住打了嗝。

「抱歉。」曉君再次羞紅了臉。沉默一陣後才提議：「是不是應該趕快離開這裡比較好？萬一那人回來了……」

「他一直都在。」少年又替她倒滿可樂。

「什麼？」曉君一驚，手裡的可樂濺了出來。

少年微微皺眉，他剛剛才拖過地板。

「假裝什麼都不知道就好，假裝自己沒被綁架。現在沒事了，就當什麼都沒發生。」少年望著曉君，這是第一次兩人目光相交。

曉君明白他的意思，但不報警真的可以嗎？任由綁匪逍遙法外，後續會導致多少人受害？若她沒有被少年發現，之後下場會如何？光是想像就不寒而慄。

但若再細想，如果是少年委託他人綁架，卻假裝把自己救了出來，之後要趁自己毫無防備時再下手呢？不能排除這樣的可能。有些人懷著嗜虐的心，酷愛以各種方式玩弄被害者，從天堂掉入地獄也是一招。

曉君不得不提防眼前的少年，這人太鎮定了。雖然似乎是個大學生，卻沒有這年紀該有的青澀或吊兒郎當，而是沉穩異常，好像無法激起漣漪的平靜湖面。那對瞳孔是沒有雜質的黑，彷彿無瑕的黑玉。

清秀，是曉君第一眼見到他會給的評語，但不顯得柔弱。她忌憚藏在少年皮囊下的是怎樣的意圖？虧他長得很好看，卻不能輕易相信，太可惡了。

曉君的思緒亂轉，最後試探地問：「如果我還是認為報警比較妥當呢？」

「別作傻事，」少年說：「這等於把你暴露出來。他們會找到你，逮住你，逼問過程。最後你會變成冰箱裡那袋肉。」

他們？那袋肉？曉君愕然。

「那是人肉。」

曉君幾乎要吐了，她居然喝下跟人肉冰在一起的可樂！她驚恐地扔掉杯子，彷彿手裡抓的是隻活生生的大蟑螂。同時，她終於發現披薩紙盒外的點點血跡。

曉君捂著嘴，狂奔進廁所大吐特吐。

難怪少年一口都沒有吃！

曉君反覆漱口好幾次，才帶著怒氣回來，劈頭就罵：「居然騙我吃沾血的披薩！我看起來就這麼好欺負嗎？」

「你看起來餓了。」少年又擺出問她要不要吃披薩時的無辜表情。

曉君崩潰大罵：「餓也不能吃這種東西啊！那是人的血液耶，萬一有傳染病怎麼辦？為什麼偏偏是我碰上這麼多倒楣的事，先是颱風天沒得休假、看完電影被人綁架、還喝了放在人肉旁邊的可樂！我很喜歡可樂，你知道嗎？以後都不敢喝該怎麼辦……嗚……」她委屈地捂臉痛哭，為什麼一堆倒楣事都發生在自己身上。

「披薩沒有沾到血，我確認過了。」少年說得輕鬆，從沙發後拿出曉君的手提袋，遞還給她。曉君只顧著哭，根本無心理會。

少年提醒：「該離開了。」

曉君抹去眼淚，但淚珠還是一直從眼眶裡滾出。她從少年手中搶過手提袋，頭也不回地開門離去。途中踢到門邊的大袋子，偏軟的觸感讓她知道猜測的沒錯，袋子裝的是人。

少年遠比她所想像的更危險。

該逃了。曉君開始奔跑。衝出這棟樓時，外頭的陽光令她險些睜不開眼睛，她無法克制地流淚，也許是久待陰暗的環境卻突然受到光線刺激的緣故，也可能是逃脫後的虛脫感。被綁架後再次回歸現實，竟已恍如隔世。

她在街頭慌張地攔下計程車，消失在早晨逐漸擁擠的車流中。

××××

少年手拿拖把清理潑灑出來的可樂，另一手操作手機撥出號碼，響鈴三聲後立刻掛斷，並在五秒內再次撥出同樣的號碼。

電話接通，另一頭沒有聲音。

「一具。」少年報出陳伯家的地址後特別聲明。對方就此掛斷。

等待之餘，少年將冰箱的人肉整袋拎出來，一起放進裝著陳伯屍體的大袋子。然後他想起浴室的鏡子有點髒。

不過當少年站在浴室的鏡子前，望著鏡中的影像時，卻突然發狠扯下整面鏡子，奮力往浴缸砸落。噴飛的鏡面碎片凌亂四散，每一片都有少年的倒影。

少年若無其事地退出浴室。返回客廳時，等待的對象已經到了。

門外是個戴著棒球帽、穿著宅急便制服的高壯男人。

彼此沒有多餘的招呼，男人不發一語地搬進大紙箱，內裡藏著差不多體積的空金屬箱，原來紙箱外觀只是掩護。男人輕鬆對折裝著陳伯的袋子，袋中的屍體發出骨裂的聲響，然後被塞進鐵箱，貼上封箱膠帶。

如果不知道裡面裝的是屍體，簡直跟宅急便上門取貨沒有不同。

始終沉默的男人抱起箱子，省略多餘道別就離開了。少年也沒有說話。共同的默契讓兩人毋須多言。少年通知，男人負責收貨。

男人前腳剛走，少年的手機就響了。

「收購商到了？」

「剛走。」

「還是一樣有效率。這次的對象無誤吧？」那人笑了，「希望你沒有要回答的打算，因為我提供的情報一向準確。十年，你以為得花多久時間才能達成目標？」

「十年」並非是指達成的預估時間，而是指少年，是他唯一的稱呼。少年沒有名字，一出生就遭到遺棄，沒有被登記的孤兒沒有名字。

十年回答：「不計時間，不計代價。」

「我會繼續提供情報給你。我很好奇，是我的情報網更靈通，或是你的直覺更敏銳？你總是可以區辨出來這些人的不同。」

「用看的。他們就是不一樣。」

「天賦異稟。神賜的禮物。」那人說得戲謔，結束通話。

十年還沒有離開陳伯的家，他在屋內唯一一台電腦前坐下。未關機的電腦螢幕顯示的是網路頁面，但若細瞧，可以發現全然不是那麼一回事。

這是「暗網」。

關於暗網的傳言很多，這個混亂失序的空間充斥著殺手、駭客、虐殺秀、黑市交易、買賣人口、狂熱邪教……以及所有想像得到與想像不到的可怕東西。

要進入暗網需要特定的手段，與一般點開瀏覽器自動連上Google是截然兩回事，只有知道門路的人才能探訪。

所有見不得光的怪物，都可以在暗網明目張膽地橫行。

十年點進頁面其中一個連結，瀏覽器的畫面轉黑，浮現斗大的紅字——

WE ARE JACK.

三、WE ARE JACK.

十年慢慢瞇細眼睛。紅字消失後，終於進入正式的主頁面，畫面正中間是最新上傳影片的截圖，標註著上傳者的帳號「RipforLove」。

為愛開膛——這類病態的暱稱就是他們的風格。

他按下滑鼠，點開影片連結。

拍攝的視角是固定的，畫面是個白色小房間。一個捲髮的西洋男人全身赤裸，讓鐵鍊綑住的雙臂被迫高舉，像屠宰場裡吊起的豬屍。西洋男人身後的牆面掛著線鋸、鐵鎚、老虎鉗、鐮刀、各種不同尺寸的鑽子……它們或多或少都沾染深棕色的汙漬。毫無疑問，是乾掉的血跡。

鮮血從西洋男人手腕處的鐵鍊隙縫滲流出來，求生本能令他不斷搖晃手臂，以為這種徒勞無功的掙扎可以換來一線生機。

幾秒鐘後，戴著頭套的矮壯男人從畫面外走進，背對鏡頭逼近西洋男人。雖然畫質不太清晰，但男人手握的寒光依然顯眼。是把鋸齒狀的短刀。

西洋男人縮著身體，一面慌張地叫喊，一面掙扎後退。但鐵鍊絕望地限制住移動範圍，他終究是逃不過。在脖子被掐住的同時，寒光跟著沒入腹部。

西洋男人放聲哀號。慘叫隨著腹部被割開越漸淒厲。

持刀的男人下手很緩慢，像在用心品味過程。刀時不時停下，惡作劇般往左右翻攪，原本整齊的切口全被攪成爛肉。開了大洞的肚子像轉開的水龍頭，鮮血源源不絕地傾瀉，將西洋男人的下半身染成鮮豔的濕紅。

刀鋒一路劃至下腹，順勢割破膀胱，尿液混在血裡順著大腿流下。軟趴趴的陽具也沒有倖免，被連根割斷。

割下的陽具被硬塞進西洋男人的嘴裡，令他嘴邊沾滿深紅色的鮮血，像塗抹誇張的口紅。在他吐出被強塞入嘴、混著尿臭的肉塊之前，兇手雙手抓住被剖開的肚皮，掀窗簾般往左右用力扯開！

血淋淋的腸子一股腦滑脫，落地，濺起細碎的血花。西洋男人失禁脫糞，咖啡色的糞便噴濺在地，失去頸部支撐的頭顱無力垂倒。慘叫終結。

影片結束。

影片底下有幾則留言，除了英文之外另有其他語言。暗網本來就龍蛇混雜，各國使用者都有，當然也不乏台灣，否則陳伯的電腦不會恰好停留在這個頁面。

這段內容並沒有讓十年震驚，無動於衷的他繼續瀏覽其他內容。受害者男女老幼皆有，端看兇手個人喜好，有些還會附註受害者的資料跟虐殺心得。

其中一支影片的上傳者還故意先跟淚眼婆娑的受害者合照，硬是將這個害怕的小男生摟在懷裡，逼他擠出笑臉。照片內文全是滿滿的粉紅色愛心符號。

除了瞇細眼睛之外，十年沒有任何表情變化。

他關掉暗網，在陳伯的電腦找尋其他資料，最後發現一個隱密的資料夾。開啟之後，數百張裸肉與血色混合的照片在十年眼前展開，全部都是陳伯的傑作：剖腹、切塊、殘肢、頭顱……

這些原本都是完整的人，現在卻支離破碎，被拆解成人肉積木，再也拼不回原貌。陳伯敢這樣大膽將犯罪證據留在電腦裡，肯定是很有信心，認為不會被發現。

台灣一年的失蹤人口超過兩萬，平均一天就有五十人以上失蹤，這是多龐大的數字，亦是陳伯有恃無恐的原因——不過就是少個人罷了，完全不成問題。

真正的問題在於：陳伯這種人的存在，令所有無辜的人都可能遭殃。

打個比喻，若日常所見等同於海洋能夠被陽光照射到的表層，那麼陳伯就是介於表層與無光帶交界的幽暗海域，埋伏著陽光下的無知獵物。

可是十年不同，他來自無光帶，是最黑暗的底層。陳伯狩獵平凡人，十年則獵捕陳伯這種生物。

十年刪除資料夾以及暗網的相關程式，拆開主機取出硬碟。應該委託收購商一起把硬碟帶走才對，十年心想。只好先保管硬碟，再找機會銷毀。

午後斜陽在巷內留下鵝黃色的光影。離開陳伯住處的十年脫去手套後折妥收好。現在不是手套應該出現的季節。

行走在人車擁擠的街頭，十年就像隨處可見的大學生，誰都看不出他稍早前殺過人。可是十年看人卻有所不同，也許是本能，又或是過於敏銳的第六感，他可以區分出人的不同，能夠分辨出誰是雙手乾淨的普通人，誰的手又無法自拔地沉浸血中。

這些都是極其細微的差異，正常與瘋狂不過一線之差，偏偏跨越界線後是截然不同的兩個世界。

十年看似隨意走動，實則不動聲色地注意每個行人。用意是要辨認出陳伯的同類。

一個轉進超商的男人引起十年的注意。他立刻看出這人的不尋常，於是尾隨在後。那人穿著略舊滿是皺痕的灰色Polo衫。很瘦，手臂的骨節非常清楚，頂著一頭剛睡醒似的亂髮。

那人在冷藏櫃前挑選商品，十年不動聲色地站到一邊，假裝在研究零食的熱量，實際上則以眼角餘光悄悄觀察。這人年近五十，皮膚雖白，卻是鮮少曬到陽光的病態蒼白。

這名男人將冷藏櫃的果凍一掃而空，全部抱到櫃檯結帳，其他客人見了都很訝異。店員倒是很淡定，大概因為這人是常客？十年猜測。他先行離開超商，等到男人結帳離開後，再遠遠地跟蹤。

拎著超商塑膠袋的男人走進一間二輪片電影院。十年當然跟進。

老舊的電影院大廳有淡淡的霉味，張貼的電影海報四角翹起，蒙著一層黯淡的灰。售票阿姨的臉色不比那男人健康多少，這裡滿溢著頹廢腐敗的氣息，簡直像放棄所有生存希望似地。但適逢暑假，衝著二輪片的票價便宜，還是有一定的人潮。

男人沒有購票，而是直接走上二樓。十年尾隨在後，假裝是等待進場的客人，視線鎖著男人不放。男人不是來看電影的，他徑自走進角落的通道，那裡是員工的專屬區域。

十年都看在眼裡。他故意多坐一會，耐心等待。一個年輕的女工讀生過來詢問：「你看幾點的電影？如果是四點的，現在可以進場囉！」

「我等人。」十年露出無害的笑容，足以讓所有不認識他的人卸下戒心，但眼裡沒有絲毫笑意，只是一種必要手段。

女工讀生跟著笑了，打趣地問：「女朋友哦？」

十年搖搖頭，露出恰到好處的羞澀苦笑：「如果是就好了……在這裡上班壓力很大嗎？」

女工讀生偏頭想了想，對突如其來的問題很是困惑。

「剛剛有人拎了一大袋果凍走進去。是要吃零食抒壓吧？」十年指著員工專屬區域的小通道。

女工讀生恍然大悟：「那是我們家的放映師啦！只有他愛吃果凍，我才不吃呢，甜食容易胖。」

太好了。十年輕鬆得到他要的情報了，多虧隨時可以配戴的人畜無害笑容。他又與女工讀生閒聊一會，不動聲色地從談話中獲取更多情報。過度外向的女工讀生聊得也開心，還向十年索取Line。她想著這個男的真不錯，長得好看，也很溫柔。

十年略帶歉意地回應：「對不起，我沒有手機。」然後趁著女工讀生以為他在開玩笑，打算轉要臉書之前離開。

雖然女工讀生已經透露不少，但十年需要更多。所以他撥出號碼。只要知道對方的身分以及落腳在哪，事情就好辦許多。電話接通，十年不廢話，直接切入正題：「替我查一個人。」

「沒問題。」那聲音充滿自信，是當初「收購商」離開後與十年通話的人。

十年報出那間二輪電影院跟放映師的大致特徵，便閉嘴耐心等待。
「林峻生。五十三歲、未婚、沒有伴侶……」電話的另一頭詳細報出相關情報。
十年默記在心，將得到的資訊與放映師重疊在一塊，腦海中逐步建構出計畫的雛形。

四、本日唯一午夜場，請出示電影票

這間公寓二十坪左右，一人獨居綽綽有餘。雜物整齊地堆疊起來，不僅不顯亂，反而呈現驚人的和諧。

午後陽光透過白色窗簾照入屋內，地板居然一點灰塵也沒有。所有的家具精準地就定位，同樣乾淨無塵。

門鎖轉開，入屋的是十年。

他先在腳踏墊來回踩去鞋底的泥沙，然後才脫掉鞋子，卸下背包放在習慣的位置。他脫下衣服扔進洗衣機，赤裸地走進浴室。

沒有開燈，日光足夠明亮。浴室的鏡子被拆掉了，只剩固定用的鐵釘裸露在磁磚牆上。

沖著澡，十年的睡意漲潮似地慢慢湧現。他關掉蓮蓬頭然後擦乾身體，同樣赤裸地踏進客廳，轉向臥室。他掀掉雙人床的防塵罩，整齊摺疊後擱在床頭櫃，接著爬上床，闔眼入睡。

房間右邊的牆貼滿照片，都是男女合照。男的全是同一人，女生卻個個不同。那男人並非十年，而是另一個殺人成性、與陳伯有共同嗜好的傢伙，亦是真正的屋主。

至於合照的女性，下場自然不必多說。

這男人長相不錯又多金，自然容易吸引人與之交往。帶著被誘騙的女人回到這裡，殺了，切塊後煮來吃。至於骨頭就磨成粉充當肥料。陽臺幾盆花草長得茂密，都是人骨粉末的功勞。

原屋主在斷氣之前還興致勃勃地分享食譜：「手指裹粉後油炸，如果炸得夠酥，吃起來就像薯條。是我最喜歡的料理方式。」

因為這項特殊癖好，讓十年不只是打掃，還得想辦法處理掉一整鍋的人肉濃湯，以及擱置在烤箱裡的半熟人肋排。

唯一讓十年慶幸的是，還好廚房有定期整理，否則處理油漬要比清洗血跡更加費工。

在解決屋主之後，十年乾脆住下來，當然也花費了一番心力打掃，否則不會一塵不染。雖然他不買屋不租屋，但光靠解決這些殺人魔就能房子一間換過一間，住得還算愜意，又能常換口味。

對屋內的財物也毫不客氣，死人用不著錢，活著的十年總用得到。偶爾，他還會逼問提款卡的密碼，以備不時之需。雖然是盜領，但要發現有人失蹤總是需要時間，何況有時候甚至沒被察覺。這些人都擁有見不得光的另一面，在人際互動方面或多或少會必要性地疏遠，更令十年方便辦事。

雖然十年沒有Line的帳號，但用Line冒充死去的殺人魔向公司辭職、跟親友交待去向，免得被懷疑人怎麼憑空失蹤卻是非常熟練。多虧現代人習慣用社交通訊軟體聯絡，讓他省了不少麻煩。

十年甚至還用這個屋主的臉書帳號發表動態，上傳行李箱的照片謊稱要出國玩好一陣子。底下的留言大多是「好羨慕。」「好好喔！」「要去哪玩？」之類的，絲毫沒有起疑。真是太方便了。

還真以為帳號無誤，實際使用的就是本人？

話說回來，十年的身分根本無法確認，因為他在戶政系統裡完全不存在，是個幽靈。這對他來說是無關緊要的小事，只要能夠慢慢拔去陳伯這類的殺人魔就足夠了。目標明確的簡單人生，很適合十年。

小睡片刻後，十年自動醒來。窗外已是昏暗的藍。是傍晚，還早。

十年吃過晚餐，下廚時特別注意不要誤拿冷藏的人肉。有些殺人魔將人肉放在冰箱只是為了暫時保存，避免腐壞發出異味引起鄰居懷疑，吃人肉的畢竟還是少數。

接著他將屋內再次打掃一遍，相當徹底。所有的角落都不放過，連一根頭髮都沒有遺落。

曉君猜測的沒錯，十年真的有潔癖，還是非常嚴重的潔癖，所有東西都得反覆擦拭，直到沒有髒汙跟灰塵才肯罷休。他讓每一件物品乾淨得無可挑剔，簡直是走火入魔。

打掃完後，十年知道該出發了。

×××××

林峻生打開冰箱，正對他的是副瞪眼張嘴的臉孔。

他面前的塑膠袋裡裝的是顆人頭。女的，很年輕，正處準備面對基本學力測驗轟炸、為了選填高中或高職煩惱的青澀年紀。

可是她不用作抉擇了，所有可能性都葬身在林峻生的手中。

沾血的亂髮遮去人頭的部分臉孔，卻擋不住空洞又無法瞑目的雙眼。林峻生將安放在冰箱的少女頭顱往旁邊挪，騰出空間放進整袋果凍。

「今天唯一的午夜場為你準備，一人包場的待遇不是人人都有。」他愛憐地對著頭顱獨語，還親暱地捏了頭顱的鼻子，像在對待小情人。

關上冰箱，林峻生沏了杯茶，環顧所處的小天地：一臺冰箱、一張床，還有相連的浴室兼開膛房。這個小房間就是他的員工宿舍。但也就僅此一間。過去放映師的值班型態是勤一休一，有時碰上午夜場，更是整天耗在機房內。當年公司為了給放映師方便，所以闢了宿舍讓放映師可以過夜，後來值班的時數調整了，放映師多是下班直接回家。林峻生仗著資歷老，順勢霸佔宿舍。上司睜一隻眼閉一隻眼，反正不影響戲院運作怎麼樣都無所謂。這讓林峻生除了外頭的租屋，再多一個落腳處。

宿舍外是相對寬敞的機房，擺放有數臺放映機，分別對照各個影廳播送電影。隨著時代轉換，三十五釐米膠卷放映早就淘汰，已經演化成數位放映機，故障率低，操作方便。

林峻生巡視每個影廳，確認全部都在正常運作之後才徐徐坐回辦公桌前，閉目想像，難忍興奮地微微顫抖，就盼午夜的到來。

盼得焦躁了，林峻生匆匆離開機房，在電影院裡兜轉閒晃，一邊物色對象。至於在挑選什麼自然毋須多說。

工讀生見到他都是怯生生地點頭。林峻生的脾氣古怪在員工之間是人盡皆知，鮮少有人想跟他打交道，全是敬而遠之。

這個太肥不好看、那邊那個太瘦不上鏡、這個不耐看而且穿著品味又糟，當然淘汰。那個男生長得清秀算是上相，但隱隱約約好像戴著手套？真是不倫不類。

林峻生站在角落，搔著下巴，視線跳過一個又一個客人，像導演在物色理想的演員。若有機會他還真想把作品搬上大螢幕，絕對是驚世鉅作。

好不容易盼到電影全數播畢，林峻生匆匆趕回機房，將放映機關閉，只留下一臺待用，然後通知外場，吩咐他們打掃完就直接下班，今天自己要留守在這。

資歷老的員工說話總是多幾分的分量，其他人也沒質疑為什麼林峻生要在這裡過夜，回家睡不是更舒服嗎？

確認所有客人跟員工都離開電影院後，林峻生迫不及待地降下鐵捲門，再也無人可以進出。

是時候了，最特別的午夜場來了。

林峻生興奮地播放自己拍攝的影片。在片頭黑幕時快速打開冰箱，拎走果凍，將少女頭顱抱在懷裡離開宿舍，奔跑穿越無燈的黑暗長廊，竄進影廳。

他挑選正中央最舒適的位置坐下，散發寒氣的人頭就擱在大腿上。他刻意調整，好讓少女那對茫然的眼珠可以正對銀幕。

正片開始了。出現在大銀幕上的是個雙眼哭得紅腫，嘴巴被膠布纏死的女孩。她被固定在平臺上，像生物實驗課被大字型釘住的青蛙。

「看我把你拍得多好看！」林峻生驕傲地說，一邊伸手從袋子抓出果凍，撕掉封膜，稀哩呼嚕地吞嚥下肚。

「我！那是我！我登場了！」林峻生激動地指著，幾乎要隔空戳破銀幕，又往嘴裡胡亂塞進果凍。果凍碎塊沿著嘴角流了出來，活像結塊的口水。

畫面中的林峻生雙手合十，像個虔誠信徒，慢慢走近。女孩扭動身體，像蠕動的章魚。眼看林峻生舉起柴刀，她瞪大眼，拼命搖頭。刀尖按在雪白的胸口，引發更加劇烈的掙扎。

柴刀慢慢沒入肉裡，鮮血泉湧。承受劇痛的女孩瘋狂顫動，雙眼上翻。林峻生一邊下刀，一邊恣意地揉捏那才剛隆起的小巧乳房，抓出幾道紅痕。

看著這幕的林峻生發出陰森怪笑，突然抓緊懷中的頭顱，失控的手指刺進那對瞪大的眼球，在眼窩中不斷攪動，攪得眼球碎爛成糊。幾道鮮血從眼眶流下，像是血淚。

「別哭、別哭！已經成為傑作的你好美。人會死、屍體會腐臭，只有影像能夠永遠保存。你會永遠活著！」他癲狂地大笑。

搖頭晃腦的林峻生突然發現，身邊相隔幾個位子上竟坐了人。是物色演員時那名戴著手套的清秀少年。

明明反覆確認過了，為什麼還會有人出現在戲院？甚至神不知鬼不覺地坐在自己附近？林峻生愣住。

「像這種絨布椅子，要清掉椅面的碎屑最好使用硬毛刷子，不能用抹布，更不能偷懶直接徒手拍掉，碎屑一定會殘留。」少年說，「因為是紅色的，沾血或許看不太出來。不過多了總是會露餡，顏色畢竟不自然。」

什麼跟什麼？這個人在說什麼？驚訝之餘的林峻生完全傻了。

「這個影片是你拍的？」少年接著問。

原來是個懂藝術的？林峻生連連點頭，正想開始誇耀，卻被少年冷冷打斷：「糟透了。」

林峻生如遭電擊，氣急敗壞地朝少年怒扔人頭。

他憤怒地咆哮：「不准批評！這是我嘔心瀝血的傑作！如果拿去參展，不管是金棕櫚獎金球獎還是金馬獎都可以輕鬆拿下，你懂不懂？超現實主義有沒有聽過？這是一鏡到底的長鏡頭拍攝方法，你懂嗎？懂嗎？」

少年俐落接下冰涼的人頭。血液跟凝結的水氣混合，從頸子的斷面接連滴落。他皺眉，小心不讓血水滴到身上。

「你應該好好保養冰箱，要特別注意異味。檸檬跟水用一比一的比例混合，拿來擦拭冰箱有除臭的效果。多餘的檸檬可以放著，自然的果香比人工芳香劑更好。一打開就飄出怪味，遲早被人發現。層板累積的血垢就比較麻煩……」

少年頓了頓，「不過，我猜你不必煩惱這個問題了。」然後看著林峻生，不再開口說話。

只是看著、看著。

暴怒站起的林峻生忽然無力坐倒，無論看什麼都有重重殘影，活像腦袋被人抓起來狠狠搖晃。一陣天旋地轉之後，他癱軟倒地，暈死過去。

「劑量好像不夠。」少年若有所思地掀開林峻生的衣服，右胸果然有個刀割的傷疤，與陳伯的如出一轍——

J。

五、這是活的，所以拒收

電影院大樓外的逃生梯，十年獨自坐在那。

多虧過度外向的女工讀生，他才能輕鬆獲取電影院的大小資訊，知道即使打烊仍然留有這條逃生通道，且通往戲院的入口不會上鎖。走道燈在員工下班時全都關閉，十年摸黑進入，身穿的黑色連帽外套令他幾乎與陰影融為一體，無聲潛行於黑暗中，埋伏在影廳等待林峻生出現。

「放映師很奇怪，常常丟著機房不管，跑出來站在大廳看客人進出。站在那邊什麼話都不講，我們也不敢問。幸好等電影快播完就會自己回去。」女工讀生當時這樣抱怨，透露林峻生有固定待在外場的習慣，而且不到接近散場的時間不會返回機房。

十年理所當然地猜測放映師是在尋找目標。一場電影少說一小時起跳，時間相當充裕，足夠讓他事先潛進宿舍，用針筒把藥灌進果凍。這藥來自目前暫住的公寓，被嗜食人肉的原屋主隱密地藏在床底的行李箱中，他就是靠這藥迷昏受害者。

十年不單是要解決放映師，還要測試藥效。若藥沒有發揮效用，至少他的袖裡藏著刀，足以收尾。雖然發作的時間稍慢，但效果很不錯，林峻生完全不省人事。倒地的他半張著嘴，嘴邊淌著果凍碎塊跟混濁的口水。感到噁心的十年別過頭，看也不看便跨過林峻生，離開影廳。

即使至今為止行動一切順利，但面對的終究是披著人皮的瘋狂怪物。十年擁有越多的手段，或許越能將危急時刻化為轉機。

模仿林峻生字跡寫就的離職信扔在辦公桌上，也許電影院的員工明天會發現放映師沒照常上班，接著發現那封信。這種拖延方式破綻百出，十年心裡有數，他從不認為可以完美地一手遮天，但能拖多久是多久。

幸好屍體永遠不會有被發現的一天。

安全門從內側被打開，走出來的是抱著大紙箱的「收購商」。他依然打扮得像個宅急便人員，箱內裝的當然是林峻生跟被玩壞的人頭。被收購商帶走的屍體，彷彿就此從世界上消失。

收購商在十年面前放下紙箱，引來他的疑惑。

「活的不收。」收購商說。

糟糕，只顧著測試藥效卻忘記正事。十年偶爾也會粗心。

十年雙手扣住林峻生的頭顱，用力扭轉。喀、喀……昏迷的林峻生毫無掙扎，頭被整整扭轉一百八十度。但十年覺得不太雅觀，於是再多轉動一百八十度，將頭轉回正面。

「死了。」十年往手套噴灑消毒酒精。大功告成。

收購商蓋起紙箱，毫無重量似地輕鬆扛在肩上。

「果凍有下藥，別吃太多。」十年提醒。他注意到收購商結實的手臂上掛著未吃完的那袋果凍。

收購商沒有回話，沉默走下逃生梯，消失在陰影裡。

××××

曉君醒來時，發現辦公室空無一人。

睡眼惺忪的她拿起手機一看，頓時嚇醒，整個人驚得從椅子上跳起，結果膝蓋硬生生撞上辦公桌的鐵製抽屜，痛得坐倒回去。她揉著疼痛的膝蓋，沒想到居然超過十二點了。不是中午的十二點，是半夜十二點！

起先是因為加班很累，所以她趁著老闆離開後稍微小睡。雖然在意同事是否會藉此大做文章，但連日加班的她實在撐不住了，況且偷睡個十分鐘也不為過吧？哪知道一睡就這麼久！不僅是睡過頭，連工作也還沒搞定。

欲哭無淚的曉君看著霸佔桌面的整疊報表，真想當場死去。

同事們也真無情，只顧自己下班卻沒有一個人順便叫醒她。不過曉君望著空蕩蕩的辦公室，忽然覺得真是心曠神怡，很快就從沮喪中恢復過來，心想如果每天上班都是這樣的景象該有多好。

既然在公司睡過頭，她乾脆一不做二不休，今晚拼著通霄也要把工作搞定。畢竟月底到了，手頭上的報表都得要結算。

她拿起桌上的咖啡，就口才發現早已一滴不剩。沒有精神食糧，工作就提不起勁，而且到現在還沒吃晚餐呢。她小心站起避免膝蓋二次受創，然後伸伸懶腰舒展筋骨，打了個長長的呵欠後拎起錢包跟辦公室鑰匙，決定先覓食。

夜深的馬路人車稀少，曉君不免緊張。被綁架距離現在還不到一個禮拜，她是真的怕了，那時候能夠平安脫險真的很幸運。

可是她沒有報警，因為十年的提醒極具威嚇性：「這等於把你暴露出來。他們會找到你，逮住你，逼問過程。最後你會變成冰箱裡那袋肉。」

「他們」指的是誰？是個犯罪集團嗎？直到真正遇上了，曉君才明白這社會不如想像的安全。可是她沒有躲在家不出門的本錢，為了餬口還是得上班。每天回到停車處總會神經兮兮地張望，發現有人接近都要小心地盯著對方，隨時準備逃跑。

說到底都是將就。反正沒死，先將就著再說。曉君都不知道該佩服自己心性堅強，又或是太逆來順受……

逆來順受，嗯，當時真應該把披薩砸在那少年臉上！還應該要拿可樂潑他才對。真是太可惡了。辦公室那些老鳥就算了，就連那個初次見面的少年都要欺負自己。

曉君不禁脫口自問：「我看起來是不是真的很好欺負？」

胡思亂想的曉君發現迎面有人走來，立刻緊張地想保持距離。遠遠看過去，這人的輪廓跟那名白目少年好相似，一樣眉清目秀的。

隨著距離越來越近，曉君忍不住驚呼。

「真的是你！」

少年又是那副人畜無害的樣子。

「你看起來餓了。」他說。

×××××

深夜的麥當勞，只有冷清的幾桌客人。

曉君跟十年並肩坐在靠窗的座位，她吃著沾滿糖醋醬的雞塊。為了不再受騙，這次特別先反覆檢查，確認沒有沾血後才放心地咀嚼下肚。因為是十年請客，她難免擔心有詐。

「你真的沒跟蹤我？」曉君滿腹狐疑地問。見到十年讓那天的恐懼重新浮現，她其實想轉身就跑。之所以會答應十年的邀約，也是擔心若自己不從，他會採取另外的手段。

「沒有。」

「你發誓？」

「就算我說謊，也不會因為發誓就遭到報應。」十年不單是理直氣壯還很有道理，讓曉君覺得自己真像笨蛋，所以乖乖閉嘴。

十年顧著撥掉薯條的鹽粒，也沒有要說話的意思。曉君難忍這種氣氛，最後還是忍不住打破沉默：「你知道綁架我的是誰吧？」

「不要深究比較好。」十年建議。

「我也不想，但我怕遭到報復，所以想弄清楚。」

「他們不會找上門。」

曉君想起慌張離開陳伯住處時踢到的袋子，裡頭好像裝了人。「是不是因為你把他給……」

十年還是那句話：「不要深究比較好。」

曉君不自覺地提高音量，附近的客人紛紛投以注目。「我怎麼可能不在意？又不是你遇到這種事！這幾天我有多害怕你知道嗎？就連現在坐你旁邊也很害怕，怕我會跟袋子裡的人有一樣的下場。你這樣神出鬼沒的，我好像無處可躲。怎麼可能這麼巧會在半夜遇到？」

「我懷疑你根本是故意玩弄我？其實你才是真正的幕後黑手！」曉君將雞塊扔在托盤上，不甘心地瞪著十年，幾乎快要哭了出來：「我真的這麼好欺負、這麼好騙嗎？」

「全是巧合。」十年的確沒說謊。誰知道會這麼湊巧在離開電影院後撞見曉君。「我沒有惡意。如果真的是我策劃的，那一天直接滅口，不是遠比放你在外面亂跑，讓事情有曝光的風險來得更有利嗎？」

曉君雖然激動，但知道十年的分析沒錯。

「我的目標不是你，你一開始就不該被牽扯進來，所以不要深究。綁架你的是某個團體的成員，他們不知道有成員找上你，還不知道你的存在。真要報復，也是找我。這是唯一可以讓你知道的。」

曉君無法理解十年為什麼如此淡定。「為什麼你可以這麼從容？你殺了……」

「那些人對自己的作為也是這樣從容，更貼切的說法是樂在其中。」

「所以你快樂嗎？」曉君認為這一切真是令人髮指。

「不是為了快樂，從來都不是。」

曉君大口喝完可樂，抱著頭痛苦地哀嘆：「我突然覺得，瘋子真的好多……」

×××××

當雞塊吃完又無話可說，就是該準備離開的時候了。

十年臨走前在另一端的座位區發現熟人。一身黑色細紋西裝，手腕配著低調但昂貴的名錶，是個滿溢成熟魅力的男人，就連眼角的魚尾紋都很迷人。男人的氣勢內斂，但藏不住成功人士的自信。

這男人的事業可不一般，他專門販售情報，亦是十年的情報提供者。跟十年一樣，男人並不使用真名，而是另有稱呼：大衛杜夫。跟一款菸的品牌同名。

大衛杜夫同樣發現十年。不如說，他老早就注意到坐在窗邊的兩人了。他笑。那是意味深長的笑容。

十年點頭致意。能夠行事順利多虧大衛杜夫的支援，雖然他販售的情報要價昂貴，卻從不跟十年收費。

「電影是人生的縮影，但真實人生要精彩百倍。」大衛杜夫曾經這樣說過，所以他免費提供情報，該如何行動則讓十年自由決定。他只從旁看著。這也是他聲明過的立場——當一個旁觀者。

其實，大衛杜夫出現在麥當勞相當弔詭，他的氣質格格不入，像是一時興起決定體驗平民生活的貴族。坐在對面的是位魅力不亞於大衛杜夫的女性。剪裁細緻的黑色雪紡洋裝，與頸間配戴的典雅銀鍊互相襯托，顯得肌膚是無可挑剔的白淨。

十年與女人的視線正好交會，對方露出蜻蜓點水般的淡淡微笑，就如臉上的淡妝恰到好處。

十年暗自留心，記下女人的樣貌。

六、我沒有正常的社交圈

深夜的城市有股魔力，像沉睡的寧靜巨獸，多餘的聲音被納進牠的血肉，殘留的餘響是記憶的反饋。道路如同血管，水泥築成的建築當然是肉塊，人類含括在巨獸的體內跟著入睡。卻也不是全然都那樣安分。

脫出規則的十年與曉君並肩走在街頭，正確來說是十年領先一個腳步的距離。

離開麥當勞後兩人什麼話都沒說，沉默變成暫時的唯一語言。即使偶有來車呼嘯，銳利的引擎聲很快就被巨大的城市吞沒，什麼都聽不見了。車子消失在馬路盡頭，最後只能看到閃爍的黃燈，像一盞又一盞無限接續的燭火。

路面再次空無一物。

曉君突然要他稍等。當十年回頭，曉君已經踏進路旁的超商。十年抬頭看著夜空，當然看不見被光害謀殺的星星。他在心裡從一默數到一百，然後再從一百倒數回一，如此兩次循環，曉君剛好拿著兩杯拿鐵回來。

「給你。」曉君遞來冰拿鐵。

十年點頭致謝。先用面紙擦拭掉凝結在杯子表面的水珠，才啜了口拿鐵。好冰。

曉君打了個有氣無力的呵欠，黑眼圈清晰可見。「希望這杯咖啡夠我支撐到早上。」

「不睡？」

「我得回公司。」曉君疲憊地說。

「這種時間？」

「這就是社畜的日常囉。」曉君自嘲。「我加班不小心睡著，醒來都十二點了。只好認命繼續趕工，因為月底特別忙，所有的事情都擠在一起。如果我沒處理完的話，老闆會在開除我之前先殺了我。」曉君苦笑。

她瞥見十年面無表情，赫然想起這少年可不是普通人，只得趕緊澄清：「最後一句當然是玩笑話！」

十年平靜地表示：「讓我動手的話，你會死得比較輕鬆。」

這話一說完，曉君就嚇得舉起毫無防禦作用的冰拿鐵護在身前。杯蓋後面露出一對受驚的眼睛。

「當然是玩笑話。」十年現學現賣，讓曉君氣得跺腳，差點把拿鐵砸在十年身上。「有必要這麼冷靜講出這種話嗎？我以為你是認真的！」

「抱歉。」十年道歉得乾脆，不自覺又擺出那副人畜無害的偽裝。

「不要裝無辜喔，我不會再上當的。」曉君倒是不笨。她嘆氣後說：「真是的，如果不是自己碰到，還真的會以為你只是個普通人。要是在別的場合認識的話，搞不好還會主動搭訕你。」

「搭訕？」十年愕然，認真思索自己並沒有搞錯這個詞的定義。他最後得出的合理猜測是加班的壓力真的很大，會令人精神錯亂。十年不禁同情起曉君。

「對啊，你看起來人還不錯。我是指單看外表的話啦……說來有點邊緣人的感覺，但我在台北沒什麼朋友。平常來往的都是公司的老闆跟前輩，不過是上班裝成好同事，下班拼死都要當不認識的交情，沒有也罷。我真希望一開始就不要認識他們。你需要上班嗎？或者上學？」

十年搖頭，他跟兩者都沾不上邊。因為連戶口都沒有，如何向學校註冊？至於上班，十年沒有物慾又不用負擔房租跟水電費，光靠從處理掉的殺人魔那得到的現鈔或提款卡，就足以確保不會餓死。

曉君羨慕地嘆氣：「真好，不用應付這些煩人事。可是你在賭命，對嗎？」

十年不置可否。

曉君放下護在身前的無用拿鐵。「我還是不懂，為什麼會有人作出這種事？殺人真的會有樂趣可言？」

「如果你知道那是什麼感覺，不就等於是他們的同類？跨過去之後就回不來了。不懂是件好事。」十年半安慰地說。雖然他暗地裡的行動跟那些傢伙一樣都是殺人，但毫無快感可言，出發點也完全不同。十年之所以獵殺，是因為不得不這樣作。

「你不擔心自己的安全？」

「只要可以剷除那些人，怎麼樣都沒關係。」十年並非是將性命視為草芥的自暴自棄，而是原本就看得很輕。人真的很脆弱，一點意外或病痛就會喪命。每天都有人死去，也有新生的生命，不過就是這樣來來去去。

曉君嘆氣。「還是得為自己著想吧，去自首說不定可以減刑，只要提供那些人的犯罪證據，多少會被諒解吧？」

比十年還要年長幾歲的曉君不自覺地擺出姊姊的口吻叮嚀，因為認定十年沒有不軌的意圖，終於可以放下戒心。此時此刻就連曉君都還沒察覺到，她居然開始信任起十年了。

「之後我會考慮的。」

回到曉君的公司樓下，十年揮手道別。不過他前腳剛走，就被曉君喚住。

「可以跟你要個聯絡方式嗎？至少定期確認你還平安。如果哪天聯絡不上你了，我才好有個心理準備，也許接著會輪到我？但我還是希望你可以平平安安的……」曉君露出逞強的笑容，「再不然，哪天我不幸又要半夜加班的時候可以再一起吃個宵夜。我覺得我快沒有正常的社交圈了。」

十年雖然很想質疑，跟他這種人來往絕對跟正常的社交圈扯不上關係，但還是報出現在使用的號碼。是從大衛杜夫那裡得到的人頭手機。

「定期聯絡。」上樓的電梯關閉前，曉君揮手。

×××××

暗網又有新的影片上傳。雖然虐殺的手法不同，但將受害者開膛剖腹是成員的共同儀式，無一例外。

那名殺人魔戴著滑稽的兔子面具，赤裸上身，囂張地指著右胸的傷疤。刺目的J

佔據整個螢幕。

十年盯著那道刺目的紅色肉疤。雙眼所見卻不再是螢幕，而是突然從記憶深處浮現的片段——

那具軀體是如此纖瘦，嫩芽般剛發育的胸部微微隆起。雙臂是那樣脆弱，彷彿稍一用力就能輕易折斷。在黑暗的室裡，它雪白而且光滑，像會發光似的。

十年的位置在哪裡？同在室中或在外面窺視？他無法辨別，所有的方向感都失靈，令他彷彿迷失霧中。

那具雪白軀體不安地扭動。隨著巨大的陰影逐步接近，十年下意識遮住耳朵，阻絕不存在的哭叫。

然後，他看見了J。

從那時開始，這個不祥的字母便深烙進他的人生，像附骨之蛆，像潛伏在每個暗處的幽靈，不斷衝著十年獰笑。那笑在宣告他至死都無法擺脫。

「WE ARE JACK」是傑克會的口號，一個瘋狂崇拜開膛手傑克的殺人魔組織。成員遍布世界各地，犯下綁架監禁以及虐殺的罪行，一切只為了倣效傑克，用鮮血延續這個惡名昭彰的殺人魔的傳說。

十年瀏覽的網頁，就是傑克會在暗網的據點。

突來的片段如潮水消退，十年望進記憶的雙眼終於能夠再次對焦，面前的螢幕仍然是J。恐懼的餘勁纏繞不去，十年的嘴裡有股噁心的苦味，難忍地不斷喘氣。冷汗溼透了衣服，每次回憶都是酷刑般的折磨。

因為無力站起，十年只能枯坐著。

擱在桌面的手機突然震動，來電的是大衛杜夫。十年艱難地移動指尖，搆到手機，按下接通鍵。

「因為剛才的巧遇，我猜你還沒睡。」

「嗯。」疲憊無力的十年只能簡短回應。

「我手邊正好有個有趣的情報，跟傑克會無關，卻跟你有密切關係。還記得你的故鄉？那裡因為經營不善所以被迫售出，不久後就會拆除。」

「那不是我的故鄉。」十年斷然否認。

「你在那裡長大的確是事實。」可以聽見大衛杜夫彈響手指的聲音，相當響亮。

「我很驚訝你會跟一般人來往。那女的叫曉君，沒錯吧？」

不愧是大衛杜夫，已經掌握到相關情報。不過十年並不意外，因為像曉君這類普通民眾，要得到她的資訊就像吃飯喝水一樣容易。在大衛杜夫眼裡，曉君幾乎是毫無防備，赤裸地暴露著。

大衛杜夫繼續說：「像這種苦哈哈過日子的平凡上班族，你的行動對她來說超乎想像，難保不會嚇到報警。要同時面對傑克會追殺還有警方緝捕，即使是你也逃不掉。」

「就算沒有她，驚動警察也是遲早的事。」十年從來沒有天真地以為犯下好幾起殺人案還能逍遙法外。縱使那些人同樣背著人命，卻不能代表十年應該無罪。總有一天，所有的線索都將指向他。

十年知道時間有限。

「在那之前我會提供一切情報，當然還有收購商的協助。」大衛杜夫再次彈響手指，「我還是建議你回去看看。故鄉，充滿各種回憶的名詞，相當不賴不是嗎？就當緬懷吧。生長環境對性格的養成佔了關鍵因素。有機會我也想拜訪看看。我真的很好奇，想知道你是怎麼變成現在這個樣子？」

通話結束。大衛杜夫的話還殘留在耳邊，十年跟著在心中反問自己。

「我為什麼變成這樣？」

七、不要不要不要不要不要不要不要不要

熱氣瀰漫的浴室。

赤裸的十年站在蓮蓬頭下，任憑熱水沖淋。精瘦的身材不帶一點贅肉，肌肉的線條宛如刀刻。他強睜雙眼，抵抗落下的水流。視線聚焦在面前磁磚的隙縫，盯緊黑色的紋路，避開不去觸及自己的身體。

可是，這個身體不屬於他，早已四分五裂地被瓜分殆盡。他不是自己的主人。

十年用力搓洗身體。一次又一次、一遍又一遍。彷彿沾上什麼噁心至極、欲除之後快的骯髒東西。他不斷加重力道，指甲縫混進細小的碎屑，那是被刷下來的皮。細小的鮮血才剛從傷口滲出，就被熱水沖落，順著滿目瘡痍的肌膚流進排水孔。

清洗的過程歷經整整兩個小時。面無表情的十年終於踏出浴室，歇斯底里地對自己噴灑消毒酒精，直到整罐見底。酒精對破皮的傷口具有相當的刺激性，彷彿是無數細針扎進肉中。

十年無動於衷，對正在發生的疼痛一片漠然。這具肉體與他毫無關係。

他帶著一身刺鼻的酒精氣味，跪地開始擦拭起磁磚地板。即使原本就乾淨到反光，他仍著魔似地來回反覆，直到天亮都不肯罷手。

十年不知道後來是怎麼睡著的，一覺醒來已恍如隔世。雖然是虛偽的人造陽光，但他好久沒覺得日光燈如此刺眼。好久、好久了。

他收拾背包，一一放進所需物品。

是時候出趟遠門。

××××

歸途。

搭乘客運後轉乘公車，到站下車的十年踏進酷暑的高溫。幾乎要融化的柏油路面散發逼人的熱氣。

剩下的路程必須徒步前往。偏郊的馬路人跡稀少，公車駛離之後，十年的前後再也不見來車，整條路上剩他孤獨一人，伴以浪潮般重重不止的蟬鳴。天熱，十年的肌膚冒出一層細密的汗珠，夾雜在破皮的傷口。又是刺痛，又是被他無視。

遠遠地，他終於看見「故鄉」。

那是一座位在圍牆內的水泥建築。四層樓高，形狀呈ㄇ字形，區分成三棟大樓。「故鄉」簡直像海市蜃樓般突然浮現，可是隨著距離的縮短逐漸放大。十年來到入口，這不是幻影。

他的目光越過鐵柵門、越過雜草蔓生的空地，望見無人的建築入口。水泥大樓沒有聲音也沒有人的氣息，像被遺棄的空城。

圍牆外的十年試著推門，鐵柵門發出難聽的聲音後被應聲推開。蟬鳴斷了，彷彿被阻擋在外，以鐵柵門為界分隔出兩個世界。

舊地重遊的十年既不喜悅也不懷念，沒有多餘表情。這裡的氣味他再也熟悉不過，但從不以為是家。即使他是個棄嬰，不曾知道什麼是家。

十年踏進正中央的大樓。好安靜，幾乎能聽見塵埃浮游的聲音。一樓是招待處兼部分職員的辦公室，空蕩蕩的，依然沒有人影。

地上隨處可見紙屑或揉爛的紙團，合成皮沙發的表面覆著灰塵。辦公桌的桌面凌亂擱置文件夾跟原子筆。白板上的行事曆抄寫的最後行程已是一個月前。這裡就像被突然捨棄，所有的物品因匆促而不得定位。

只有大廳正中央的匾額例外，穩固地待在屬於它的位置。是由初創時的剪綵官員所贈。

「常青育幼院」幾個大字顯眼得過分，無法忽視。

電梯已經停止使用，於是十年改走樓梯。樓上的教室堆著畫滿塗鴉的課桌椅，地板散落書頁脫落的課本，封面還有帶泥的腳印。另外幾間房堆著過時的玩具，總是淪為孩子們爭奪目標的機器人缺手斷腳，又黑又髒的老舊娃娃像被濃煙燻過。

孩子們在這層樓學會讀書寫字。可是十年例外，他是被另外挑選出來，接受特別課程的孩子。

十年繼續前往樓層的最末端。基於當初建造時的特殊設計，只有從這裡才可以通往左棟建築的二樓。雖然左棟大樓主要依靠電梯上下通行，但電梯間的樓層按鈕唯獨缺少數字2。

因為左棟二樓是育幼院的禁地。

過去都有凶悍的警衛把守門口，今日的十年暢行無阻，直接推開鐵門。門後是一條筆直到底的長廊，沒有對外窗，緊急照明燈是唯一光源。

長廊的盡頭分別有左右兩側以及正中央的三個房間，同樣沒有窗，所以無法窺視其中。但十年很清楚裡面是什麼樣子，其中一間就是他從小的住所。

十年沒有入內懷舊的意願，他的目標從一開始就鎖定正中央的房間。那扇木門的紋路很深，如同這間育幼院的陰暗歷史。

十年轉開帶著鏽跡的門把，冰冷的空氣從內竄出，混著濃重的消毒水氣味，讓人誤以為來到醫院。

有光。十年慢慢瞇細眼睛，忍住逃跑的衝動。

無窗的房內擺著幾張鐵架床。其中一張床上有個病懨懨的老婦人，像團皺縮的橘子皮。疾病令她倍顯蒼老，必須插著鼻管獲得額外氧氣。

突來的訪客令老婦人訝異，看清楚是十年後，更是不可置信。

「你終究還是回來了。」老婦人咧嘴，發出蛇般的嘶啞笑聲。「到這邊來，到床邊來。」

門口的十年不打算靠近，不願意接近「院長」。

院長慢慢瞇細眼睛，跟十年慣有的表情如出一轍。「你以前不是這樣的，很聽話。什麼要求都會乖乖照做，直到逃跑之前，你都是最乖的孩子……」

「我那麼疼愛你，都忘記了？不乖，真的好不乖。為什麼要逃跑？這幾年找不到你，也找不到替代品。你是獨一無二的。你長大了，長得越來越好看。」院長宛如貪肉的禿鷹，盯著十年不放。

那貪婪的目光令十年不禁按住手臂，得要牢牢地按緊才能克制顫抖。他咬牙回應：「我以為這裡一個人都沒有。」

院長的臉部肌肉慢慢伸展，拉長成詭異的獰笑：「我一直都在這裡。讓我好好看看你。親愛的孩子……快來。」

這令人反胃的笑容令十年終於忍受不住，跪地痛苦地乾嘔。好不容易止住嘔吐，他立刻轉身逃跑。

迎面卻有人猛然撲來。

被撞倒在地的十年下意識舉臂護住頭部。那人發狠猛毆，十年的雙臂承受一次次重擊，痛得發麻。對方是與他年紀相仿的少年，但拳頭更加有力。這人身穿類似醫院病患的老舊寬袍，繡有編號０９００３。

十年記得這個號碼，對方是老面孔，經過這些年對老婦人越加服從了。十年突然警醒，仍在育幼院的或許不只有老婦人與０９００３。

肋骨突然受到重擊，十年中斷了思考。他痛得倒抽一口氣，隨後脖子被緊緊掐住。十年拼命牽制那對掐喉大手，爭取些許呼吸的空間。

果然如十年預料的，另外兩間房竄出數名少年，團團圍住倒地的他。在老婦的命令之下，有的人抓住十年的雙腿、有的扯住他的褲管要脫去褲子。這些少年都穿著病人寬袍，亦繡有各自的編號。

混亂間十年抬頭，所見的盡是一雙雙瘋狂盲從的眼神。這些人十年都認得，跟他同樣沒有「身分」，都是沒有登記在案的孤兒，從一出生就被棄養，自幼豢養在隔壁的兩個房間。

十年沒有喝止這些人，他知道徒勞無功。經過多年的監禁，他們早被洗腦成完全聽命院長的傀儡，無論命令合不合理都會全盤接受並執行。如果那時候沒有逃出去，十年現在也會是其中的一分子。

少年們圍繞著十年的雙腿看起來就像監牢的鐵欄。

這裡的確是牢。

院長不單日夜監視，更是予取予求。

×××××

無窗的房裡，幾個男孩陰沉地抱著雙膝靠在牆邊。這裡沒有時鐘或任何顯示時間的裝置，男孩們只能依著睡意跟定時送來的三餐判斷時間。

一個男孩刻意坐在離門口最遠的角落，只求不要被選中。這個男孩的皮膚很白，長得比房內其他人更好看，所以擁有特殊待遇。他是少數受院長喜愛，可以被單獨指導學會認字算術的孩子。

房外有腳步聲接近。

距離上一次食物送來的間隔並沒有很久。男孩們心裡有數，不安地盯著門。腳步聲在門外靜止，傳來鑰匙插進鎖孔的聲響。

那個離門最遠的男孩開始顫抖，他知道現在絕對不是要上課的時間。門把轉動，男孩倉皇地低下頭，不與來訪的人對上眼。但仍是聽到自己被點名。

男孩慢慢站起來，很慢很慢，像不肯赴刑場的死囚。

他不願意踏出門，結果那人朝他走來，鐵鉗似的手掌用力扣住他的手腕，強迫將他拖往隔壁房間。那間房的消毒水味道幾乎讓男孩的嗅覺失靈。

「把衣服脫了，躺到床上。」那人瞇細眼睛。

男孩照作，別無選擇只能照作。顫抖的他折好脫下的衣物，整齊地疊放，戰戰兢兢地爬上如同絞刑臺的鐵架床。

那人用黑布條蒙住男孩的眼睛。什麼都看不見了。

一對手掌恣意地滑梭在男孩光滑的身體上。男孩分不清楚是自己冒出冷汗，或是那掌心的手汗？被觸摸過的皮膚黏滑滑的，他因此心亂如麻，有如被扔進寒冬的池子，肉裡的血一點溫度都沒有。好冷。

那雙手摸遍男孩全身。男孩突然一陣顫慄，下體被粗魯地握住。他咬著唇，嘴裡嚐到血味，這點痛楚還不足以轉移注意力，下體的疼痛遠勝於被咬破的嘴唇。

緊接著，那人的重量壓了上來，跨坐在男孩身上。男孩被包覆住的下體一陣濕滑，像爬滿蛞蝓。男孩反胃想吐，卻被鑽進嘴裡的舌頭堵住。那舌頭貪婪地在口腔中攪動唾液。

男孩像死屍般僵硬，恨不得就此死去。

那些蛞蝓開始動了起來，男孩的下體一再頂到濕黏的壁頂。握拳的指甲刺進掌心。不夠痛、還不夠痛……不到足以忽略正發生在自己身上的事，不夠……

男孩好想洗澡，想用滾燙的熱水洗淨身體，用刷子刷掉整層皮。若沒有刷子就徒手剝去吧。不要這些被弄髒的皮膚了，都不要了。咬斷侵入嘴巴的舌頭，咬斷它。不要動了，不要。

不要。

男孩的意識陷入空白，回神時又坐回最遠離門口的位置。腳步聲遠去。

面無表情的男孩用袖口充當抹布，開始擦拭地板。一次又一次，一遍又一遍。其他孩子睡了，他仍在反覆擦拭。地板越來越乾淨，不見一點髒汙。

可是男孩最想弄乾淨的，還是自己的身體。

八、但是受難的記憶不會

「這次不會再讓你逃了。你要永遠留在這裡。」院長的聲音越過少年們傳來：

「折斷他的腿！」

十年的雙腿被盲從的少年們抓住、扭轉。蠻橫的疼痛令他以為雙腿變形。他咬牙忍痛，掙扎著抽出預先藏起的小刀，立刻展開反擊。落下的刀尖刺進其中一人的手背，抽出時帶起泉湧的鮮血。隨著那名少年呼痛抽手，控制十年的力道減少一分。

十年或捅或砍，將牽制他的手掌一一除去。最先被擊退的幾人再次逼來，一時無法站立的十年索性趴在地上，將所有接近的雙腿、腳踝或腳掌都視為目標。他抓住其中一人的腳踝，反握小刀迅速切開毫無防備的阿基里斯腱。那人因為劇痛用力跪倒，十年往旁翻滾，避開撞落的雙膝，同時轉向攻擊其他少年。

儘管負傷的少年抱著傷處接連坐倒，卻還不死心要抓住十年。十年在混戰中精準地刺下小刀，貫穿抓來的手掌。然後抽出，再捅落。遍地的血汙染紅十年的臉龐，他終於清出一條血路。

模樣狼狽的十年撐地爬起，強忍腳傷一跛一拐地走向院長。

「很痛吧？讓我好好疼你。」院長竟然在笑，居然以為十年終於肯乖乖聽話。在她的眼裡，十年仍是那名不懂反抗的聽話孩子。

院長伸手要觸摸十年，後者狼狽地退開，從背包取出塑膠罐。瓶蓋轉開，刺鼻的汽油味瀰漫，掩蓋住消毒水的氣味。

在院長來得及反應之前，十年用力潑出罐中的汽油。

「不、不！」被汽油淋了滿身的院長尖叫，伸手要阻止十年，卻重心不穩摔下床。十年避開院長那對皮膚皺縮的雙手，一把扯掉她的鼻管。氧氣瓶中的高濃度氧氣隨即外洩。

「床單沾到汽油不必考慮怎麼清理，直接換新最有效率。」十年拿出火柴，點燃。他面無表情如送葬者，冷酷地宣示：「不過，我猜你不必煩惱這個問題了。」

院長的呼喊被無視。火柴扔下，引燃橘紅色的火光。外洩的高濃度氧氣加快火焰燃燒，火苗迅速在院長衰老腐敗的肉體蔓延，飄出難聞的燃燒臭味。

遭火焚身的院長滾地慘叫，在火中狂亂揮舞手腳，恰若與火焰共舞。

「救我、救我！」院長淒厲地哀號。負傷的少年們陸續爬向大火，想將她從火裡拖出，卻引火上身，一個接一個被火吞噬。

即便如此，少年們仍著魔似地遵從命令，前仆後繼撲向火焰。瀰漫的焦煙越來越濃，最後可見的只剩火光，以及夾雜此起彼落哀號的濃煙。

十年扶牆支撐負傷的身體，一步步走遠。手中的瓶罐沿路灑落汽油。最後他再看了一眼從房間冒出的滾滾焦煙，藏在裡面的是揮之不去的童年夢魘。

長廊終於只剩一個方向，再沒有回頭路。

十年離開時，育幼院的火勢已經延燒大半。竄出的火舌貪婪地舔舐氧氣，晴朗藍天像被惡作劇似地畫上一筆塗鴉，那是無法被忽略的黑色濃煙，卻沒落進十年的眼中。他循著來路離開，寬闊的郊外道路不見盡頭。

這條路他至今為止走過兩次。兩次都在逃。

第一次逃跑的時候，他只有八歲，第二次則是十八歲。整整花了十年的時間才再次逃出。從此，他自稱「十年」，這個名字承載著這些年來經受的孤獨與折磨。每個無處可逃的夜晚、幾次亟欲自我了斷……但他終究忍受下來，只為了未竟的任務。

他的確逃出了育幼院，卻不代表真正獲得自由。育幼院跟院長會在火裡消逝成灰燼，但是受難的記憶不會。

十年不會忘記。

××××

我該往哪裡去？十年不知所措。

他可以冷靜制定計畫與殺人魔周旋，毫不猶豫地取其性命。但此刻身在育幼院外的他失卻目標，失魂般張望四周。有一部分的十年好像跟著葬身火中——那是被迫剝落的部分，十年不能再帶著。

那具幼小的胴體又悄悄從記憶的片段中浮現，清晰得有如實物，彷彿伸手就能碰著。可是什麼都沒有了。

不要多想，走吧。死去的部分就留在這裡，剩下的即使殘缺不全、即使扭曲變形，都帶走吧。無論再怎麼醜陋都是你的一部分。

走吧。當初義無反顧地逃出來不也什麼都沒想嗎？你只想著要逃。現在的你渴望什麼？剷除傑克會……反過來獵殺崇拜開膛手的嗜血教徒，這是你僅存的生存目的。

所以你才活著。

走吧。

再也不會回來了，永遠不會。你不再是院長任意玩弄洩慾的傀儡。

走吧、走吧。

十年拖著沉重的雙腿蹣跚前進，傷處劇烈地疼痛著，膝蓋與腳踝受到嚴重的扭傷，每一步都是折磨。

破皮的傷口混入汗水與血，與衣服摩擦後開始發癢。他脫去滿是血汙的上衣，肌膚被毒辣的烈陽曬得又熱又燙，頭髮幾乎要燃燒起來。血混著汗水沿路滴下，落到柏油路面立刻蒸發無蹤。負傷的十年強硬苦撐，但跨出的幅度越來越小。

遠遠地，一輛車迎面駛來。紅色車身反射刺眼的陽光，像一團無法直視的灼火。十年拖著傷腿退到路邊，扶著電線桿喘息。那臺紅色邁巴赫放慢速度，在一旁停下。傷重的十年提高警覺，不著痕跡地握緊藏起的小刀。

車窗緩緩搖下，是張熟面孔。那內斂卻逼人的氣場與掌握一切的自信，是大衛杜夫。

「真是壯觀。」大衛杜夫瞥著陷入火海的育幼院，濃密的焦煙遠在幾公里外都能看得一清二楚。

「親手毀去故鄉不知道是什麼樣的滋味？」大衛杜夫獨白似地分析著，「並不快樂吧？至少你一點笑意都沒有。當然，更不會覺得傷心。從先前的通話我猜到你想毀了育幼院，哪怕不久之後就要被拆除，你還是執意要親自動手。」

「對你來說是個了斷。」大衛杜夫打量十年的傷勢。「相對的，你付出了代價。上車，載你一程。」

沒有比這更好的安排了。十年一拉開車門，旋即脫力倒在後座，緊繃的身體終於放鬆。大衛杜夫從容下車，為他關上車門又返回駕駛座。

大衛杜夫輕拍方向盤，並不急著離開。

「我要帶你去見個人。不過得先處理你的傷，還要換套衣服。重要的會面不能失禮。」大衛杜夫透過後視鏡看著十年。

十年虛弱地應聲，忍痛挪動身體，調整成較舒服的姿勢。昏迷前他突然想起了，當年逃出育幼院也是被車載走。他拼死跳進定期往返的貨車，藏在成堆的箱子裡。

那時候的車廂很黑，但他不怕。

因為育幼院的夜晚更是黑暗。

××××

大衛杜夫載著昏迷的十年回到台北，直驅陽明山，熟門熟路地找到坐落山中的一棟別墅。別墅藏在高聳的圍牆內，大門深鎖，有股難言的神祕感。

大衛杜夫撥了通電話：「是我。」

僅是簡短的兩個字，門就為他敞開。車子駛入寬闊的庭院，內裡環境清幽，小池邊栽著幾棵樟樹。樹梢的畫眉鳥被來訪的大衛杜夫驚動，拍著翅膀飛離，消失在黃昏的林野裡。

大衛杜夫下車時正好與落地窗前的老人對上眼。窗後的老人蓄著蒼白的鬍鬚，端正地捧著熱茶，彷彿入定，良久才慢慢啜了一口。

大衛杜夫手裡抓著不存在的紳士帽，隔窗作出掀帽致意的動作。

老人又啜了口茶，熱氣蒸得圓框眼鏡一片霧白。他朝身旁微微點頭，接受命令的對象不在大衛杜夫的視線範圍，可是那裡的確有人。幾分鐘後，屋裡走出幾人，將未醒的十年搬進地下室。

地下室被裝設成小型醫院，設備一應俱全，還有無法避免的消毒水氣味。幾張病床靠牆並排，中間以簾幕隔開。老人跟著入內，更換白袍的他流露隱世高人的氣勢。這名老人是只有少數人知道的密醫，而這些少數人的來頭都不小，否則無法支付昂貴的看診費用。

因為十年沒有登記戶口資料，無法在一般醫院看診。唯一能夠接納他的就只剩下密醫。

密醫俐落剪開十年的外衣，露出滿目瘡痍的身體，進行初步的外傷檢查。

比起十年為了「清潔自己」所造成的大大小小破皮傷口，另有其他的傷更引起密醫的注意。密醫端詳那道浮起的肉疤說：「這個舊傷很特別。」

「的確是。」大衛杜夫同意。

十年右胸的傷疤令他的笑容又是那樣意味深長。

九、這才是正確的正常

十年的皮肉傷不礙事，但雙腳的扭傷需要時間靜養。在地下醫院休養的期間，每天都有專人送來三餐。密醫會在每晚的固定時段出現，替十年檢查傷勢。

除此之外，十年大半時間便坐在床上發呆。他特別要求減少開燈的數量，以免回憶起育幼院的小房間。

燒死院長很不真實，十年難以定義這份感受。只確定沒有任何喜悅，曾經預期的解脫感也未曾出現。

他親眼看見院長被燒死，直到房間瀰漫的黑煙遮蔽所有視野才離開，卻無法斷言院長的死活。或許是多年來對院長的恐懼過於根深蒂固，直到此刻仍盤據在心。

原來人死了是一回事，並非等同煙消雲散。十年還擺脫不掉心魔，卻也不能被拖住。他有不得不作的事情，一旦腳傷痊癒就得立刻離開，繼續執行。若真擺脫不掉，就帶著吧，這些年就是這樣活著的。

這日，大衛杜夫來訪。探望的禮物只有一顆紅色蘋果。

「你必須休息，暫時別管殺人中毒的傑克會。你明白失手要付出的代價有多大。」大衛杜夫在病床邊削著蘋果，垂落的蘋果皮一刀未斷，幾乎碰著地板。

「你要帶我見的人在這裡？」十年問。

大衛杜夫搖頭。「有喝咖啡的習慣嗎？」

這次換十年搖頭。

「至少不排斥吧？我約好在咖啡店見面，他握有不少傑克會的情報，所以我想讓你們兩個當面見見。」

「我能夠支付的金額有限。」

「免費的。對方不是商人也不缺鈔票，其實這裡也是他的生意之一。醫生世家，與政界關係良好。或許你跟他打好關係，可以在不幸落網時爭取到一點機會。你知道的，不管是哪都有走狗，走狗看主人的臉色辦事。就算今天你罪大惡極也能重重舉起，輕輕放下。」大衛杜夫撕下蘋果皮，任憑它掉在地上。

「解決傑克會之前，我不能被逮捕。」

「我也希望你不會被逮住。說到傑克會，這可是遍布全球的組織，即使你只針對台灣的傑克會成員……但老實說，要鎖定這些人花費我不少功夫。幸好真的很有趣。你讓我看到很多有趣的東西，所以我心甘情願投資你，無償提供情報。作為一個旁觀者，我很滿足。」

大衛杜夫把削好的蘋果塞進十年手裡。離開之前他轉過身，作出掀帽致意的動作，叮嚀著：「醫生說你復原的狀況極佳，或許過兩天就能離開了。安分養傷，不要心急亂來。你都能在育幼院忍耐這麼多年，多等幾天要不了你的命的。」

目送大衛杜夫離開之後，十年低頭看著手中蘋果，忍不住皺眉，毫不猶豫地扔進垃圾桶。

從別人手裡轉交過來、又沒有再次清洗的蘋果，令身懷強烈潔癖的十年完全不敢恭維。

× × × × ×

幾天後。

會面的咖啡店叫「琴鍵」。

店內的裝潢完全為了襯托店名，以黑白色調為主，黑白灰的馬賽克地板，白色吧檯擱著幾臺磨豆機，冷藏櫃展示精緻的蛋糕及酒類供客人挑選。一袋袋的咖啡豆、咖啡杯以及圓盤排列在黑色層架上，恰如琴鍵般整齊。

挑高的店內另外設有二樓包廂，只為特別的客人開放，比如大衛杜夫。

十年坐在大衛杜夫的正對面，兩人之間隔著消光的黑色木質桌面，桌邊的透明玻璃罐插著一朵白色雛菊。十年換上淺藍色的亞麻襯衫與窄管卡其褲，還套了雙麂皮休閒鞋。這些與他平常為了方便行動的慣有穿著截然不同，是大衛杜夫在他住院時自作主張挑選的，還把裝清潔用品的運動背包換成復古學院風的款式。

大衛杜夫的理由很任性：「來到咖啡店就要打扮得像個文青。假的也好，不開口就不會露餡讓人知道沒料。」

大衛杜夫打量著自己的傑作，對於十年的裝扮他很滿意。「再加上單眼相機就更像了。」

「不必，我找不到快門在哪。」十年覺得這身衣服穿起來真拘謹。至於新的背包，他由衷希望可以跟育幼院一起燒掉。

透過包廂的鏤空窗格可以俯瞰店內，時間還早，目前只有零星幾桌客人。吧檯的員工正在沖泡咖啡，新鮮的咖啡香飄散在微涼的空氣裡。束著馬尾的女店員將藍莓乳酪蛋糕分切盛盤，白襯衫配黑圍裙很是賞心悅目。尤其那襯衫似乎剛燙好，平整得不帶一點皺摺，令十年不禁多看了幾眼。

大衛杜夫點了兩杯黑咖啡。咖啡上桌後，大衛杜夫興致勃勃地將隨附的砂糖往嘴裡倒，咖啡連碰都不碰。

十年盯著門口。「人呢？」

「遲到是女人的權利。」大衛杜夫把十年的那份砂糖也吞了，「真巧，說人人到。」

大衛杜夫說完，十年注意到有個女人推門入店。他認出是跟大衛杜夫一起出現在麥當勞的女人。與那時候見到的優雅穿著不同，這次是一身俐落的黑色系褲裝打扮。

女人輕盈地踩上階梯，進入包廂。她直接在十年身邊坐下，同時帶來一陣淡淡幽香。雖然只施以淡妝，但那已經相當足夠了。她所散發的光采簡直像化妝品廣告的女明星。

雖然看起來精明幹練，實際上女人說話的語氣相當溫柔。她真誠地道歉：「對不起，因為開會拖延所以來遲了。」

「我們剛到。」大衛杜夫啜了口涼掉的黑咖啡。

「故作紳士這套我可不領情。」女人調侃，視線轉向十年，定定地望著。「我姓姚，大家都叫我姚醫生。大衛杜夫介紹過你。十年，這個名字真的很特別。」她伸出手，十年禮貌地回握。

姚醫生的手光滑而且乾淨，但十年仍無可避免地將空著的手探進口袋，下意識摸索消毒酒精。

「我想直接切入正題。但首先要確認一旦掌握傑克會成員的行蹤，你打算怎麼作？」姚醫生慢慢抽開手，手掌交疊放在桌面，妥善保養的指甲呈現漂亮的弧形與粉紅色澤。

十年沉默。

「不方便回答也沒關係。我不確定你對傑克會的瞭解有多少，但你一定同意這個組織很危險。」

她見十年點頭才繼續說：「成員崇拜惡名昭彰的開膛手傑克。至於原因，像我們這類普通人無法理解。自從傑克會成立開始，成員不定期在暗網的特定頁面上傳虐殺影片。那些全是真的，沒有造假。

「因為成員遍布世界各地，反倒讓受害者分散，不會在單一地區密集出現大量受害者，加上不定期更換進入網頁的連結，只有常駐的使用者可以破解入口，所以目前沒有引起太大的關注。何況虐殺影片在暗網只是稀鬆平常的小事。

「就我觀察，雖然開膛手傑克的起源地是在英國，但傑克會活動最頻繁的地區是在美國，其次才是歐洲。亞洲方面以南韓為主、台灣次之。你鎖定的，是台灣的傑克會成員。」姚醫生說的是肯定句。

「對，只需要台灣成員的情報。」十年回答。姚醫生說的資訊他都知道，現在欠缺的是成員的個別資料。

「要掌握單一成員不容易。他們無所不在，也許這間咖啡店就是傑克會開的。」姚醫生微笑，看向樓下吧檯，辛勤的員工各自忙碌。「他們難以分辨，除非確認右胸上的傷口。你知道嗎？成員加入時會親手在右胸口刻下字母。」

「知道。」十年回答。姚醫生不知道他擁有特殊的直覺，甚至被大衛杜夫戲稱是神賜的禮物。十年僅憑肉眼就能判斷出誰沒沾過血、誰殺過人或殺過很多人。尤其是傑克會，更是散發著令他作嘔的惡臭。

「你想，為什麼這些人會崇拜傑克？」姚醫生問。

「這對我不重要。」十年說。

大衛杜夫打岔：「我倒是很有興趣。雖然崇拜這個行為沒有理性可言，但還是有它的原因。就像宗教信仰以為神會帶來救贖，又或是被教育洗腦所以盲信威權。是什麼讓這些人視傑克為偶像甚至模仿？我猜，是因為傑克會成員相對社會來說視為異常，綁架殺人對大眾來說是不能被寬恕的惡行。但這說不定才是他們認定的正常。」

大衛杜夫彈響手指，露出察覺不易的冷笑。「所謂的正常不就是由多數決定的？同性戀的比例少，所以會被認為是病態的。敢在沉默的群體中發聲的人也會被當成異類。作為異類的極端，開膛手傑克成了一種指標。所以，他們崇拜。」

姚醫生微微一笑。「很有趣的說法，但不能把傑克會的作為合理化。不管基於什麼原因，都不該任意奪取他人的性命。你覺得呢？」

姚醫生望進十年的眼瞳，清澈銳利的視線彷彿看穿他的意圖。

十年保持沉默，他不打算爭辯。現在最要緊的就是拿到情報，之後該怎麼處置傑克會的成員，誰都不能限制他。

姚醫生的笑容很溫暖。「自從得知傑克會的存在之後，我試著推論原因，會不會是成員在模仿傑克的過程中，得到昇華的快感？有人認為功成名就等同於完美的人生，成員則在殺戮中圓滿了自我，滿足壓抑在深處的慾望。聽起來似乎莫名其妙。就像大衛杜夫說的，這些全都毫無理性可言。十年，若你發現答案，希望你能告訴我。我覺得你總有一天會明白。」

「沒問題。」十年只要可以獲得情報怎樣都好。

「我有三個成員的資料。」姚醫生從手提包抽出資料夾。裡面有一份A4列印的文件以及幾張照片。她抽出一張照片遞給十年：「這名成員我認為危害最大，不管是他的職業所能帶來的影響，又或是身為一名傑克會成員。」

「職業的影響？」大衛杜夫顯得很有興趣，「是哪方面的影響？」

「個人發展。」姚醫生回答。

「除了老師，沒有別的答案。」大衛杜夫胸有成竹地說。

姚醫生與他交換心照不宣的微笑。「而且是小學老師。」

十年查看照片，該成員是個中年男性。照片上的他笑得和藹可親，有著典型的教師氣質，是容易博得家長信任與好感的那種類型。可是十年細看後依然察覺到其中的不自然。男人的笑容不對勁、眼神也不對勁。

確實是傑克會的成員無誤。

十、這實在是相當相當地不錯

十年抽出紙本資料，上頭詳盡記載那名老師就職的學校與住家地址、每天大致的行程。這些行程都很規律，十年快速默記之餘，突然有個疑問：「你怎麼認定這些人是傑克會成員？」

姚醫生解釋：「雖然大衛杜夫很可靠，但在相識之前我先請人調查過可疑的對象，為此還賠上幾條人命。有個小型徵信社受僱調查某個目標。結果在一個禮拜之間，員工一個接著一個消失。」

她放輕聲音：「全被滅口。」

「我知道那間徵信社，在業界非常有名。是群被目標反跟蹤都不讓人意外的笨蛋。幸好你另外找更專業的來調查。」大衛杜夫毫不客氣地大笑。

在談話之間，一位青年端著三盤蛋糕來到包廂。

「姚醫生，來了怎麼不說一聲？」青年說著邊將三盤蛋糕輕放桌上，一人一份。「這是特製的巧克力岩漿蛋糕。剛出爐，小心燙。」

這個青年是標準的陽光男孩，擁有耀眼的笑容跟適合拍牙膏廣告的潔白牙齒。體格高挑，是喜好運動的人會擁有的結實身材。襯衫的袖子隨性地捲至手肘，手腕跟手指都是空的，沒有配戴飾品。

大衛杜夫用叉子剖開蛋糕，濃郁的巧克力醬在白色盤面蔓延開來。他低呼著：「啊，瞧我把蛋糕開膛了！」

「差勁的玩笑。」姚醫生取笑，「讓我介紹，這是店長以豪，這裡的蛋糕全都是他精心製作的，煮咖啡的技術也是一流。」

「嗨，喜歡這間店嗎？」店長露出爽朗的笑容。

「當然。」大衛杜夫叉起一小塊蛋糕，沾滿巧克力醬送進嘴裡，「甜度恰到好處。」

「其實還有一種吃法。」以豪從圍裙拿出鹽罐，湊到盤子上轉動瓶蓋。點點鹽粒灑落在巧克力醬上，「這是精選的玫瑰鹽，跟巧克力混合會有不同風味。」

大衛杜夫興致勃勃地嘗試。蛋糕入口後他立刻彈響手指，聲音比往常更加響亮。「這實在是相當相當地不錯。」

「我幫你。」以豪同樣貼心地為姚醫生添加鹽粒。姚醫生道謝後小口品嚐，她伸手將垂落的頭髮撩後，露出耳朵。那側面無可挑剔地迷人。

「你不吃嗎？」以豪問，他發現十年不曾動過叉子。

十年淡漠地搖頭，注意力全放在傑克會成員的資料上。他一表示出對甜食的冷感，那盤蛋糕隨即被大衛杜夫端走。十年不解，大衛杜夫倒是一副理所當然的樣子，他表示：「突然想收取報酬。你明白的。」

「太可惜了，這個蛋糕是我的自信之作。我得先去忙了，你們慢用，有機會歡迎常來光顧。」以豪微笑致意，返回樓下吧檯。

大衛杜夫津津有味地品嚐原本屬於十年的巧克力岩漿蛋糕，幾乎是眨眼間就將蛋糕給一掃而空。

「我猜我會成為常客。」他說。

「老大不小了還這麼愛吃甜的，像個小孩。」姚醫生拿面紙抿嘴，擦去唇上的巧克力醬。

大衛杜夫理直氣壯地表示：「甜食的美好不分老少更不分國度，只有體會個中滋味的人才能明白。啊，我好像突然理解傑克會在想什麼了。也許甜食中毒跟殺人中毒根本沒什麼分別。你說呢，十年？」

「也許吧。」十年隨口回應。雖然以豪的談吐跟應對進退無可挑剔，但他就是忍不住起疑，因為以豪的「正常」實在過於完美。

十年望向吧檯，正好與抬頭的以豪視線相交，後者還以燦爛的笑容。

享用美好甜食的大衛杜夫相當愉快。在道別之前，他在「琴鍵」外頭拿出香煙，酒紅色的煙盒印著Davidoff的燙金字，這款煙同樣也叫大衛杜夫。

大衛杜夫抽出一根煙來，叼在嘴上點火。這一連串的動作富有節奏，彷彿爵士樂般流暢。他從鼻腔將煙呼出，這是十年第一次看見他抽煙。

「你該不會想問，我為什麼不抽別款煙吧？」大衛杜夫似乎期待十年發問。

「你多心了。」十年完完全全不在意他抽哪款煙，這讓大衛杜夫有點失望。

「我先走了，等等有個預約的病人。很高興認識你，十年。」姚醫生與十年握手，離開前她遞出名片：「如果你有需要，隨時都可以聯絡我。」

十年接過名片，上面註記著姚醫生的本名「姚可麟」，還有開業診所的地址電話，不過重點是名片背後手抄的一串手機號碼——是她的私人電話。

「希望你們可以合作愉快。」大衛杜夫抽盡最後一口煙，精準地彈進三公尺外的水溝蓋。「接下來你要行動了，對吧？看你的表情就知道答案了。保重，自己小心。」大衛杜夫擺擺手，慢慢走遠。

十年透過玻璃窗望進店裡，品嚐咖啡與蛋糕的客人、忙碌的店員、美好的咖啡香、舒適的鋼琴音樂……「琴鍵」幾乎無可挑剔。可是十年突然有股預感，某天自己還會重返這家店，而且絕對不是為了咖啡或蛋糕。

店門口的十年理所當然不會發現，那名從後門進入咖啡店內場、穿著宅急便制服的男人——

一如往常扛著大紙箱的收購商。

××××

盛暑逼人，不止的蟬鳴更是令人煩躁。下午三點之後，最高溫的巔峰已過，可是餘熱仍悶在校園，困在這幾棟水泥建築之間。時值暑假，操場空無一人，平常廣受學生爭奪的鞦韆靜止不動，只有影子隨著時間緩慢而寧靜地拉長。

零星幾間教室的燈光亮著，與其他無人的教室相比尤其突兀，傳來陣陣講課聲。基於求好心切的家長們連署，部分班級打著暑期輔導的名義繼續上課。

其中一間五年級的教室裡，學生不時抬頭看向黑板，隨後埋頭抄寫筆記。天花板的四盞吊扇旋轉著，可惜只有帶來微風的作用。今年的夏天實在太熱，台北不只一次達到三十八度的高溫。幸好學生們還耐得住熱。

講課告一段落，張霖青闔起課本，在黑板寫下今日指派的作業：國語課文默寫、生字簿、數學題本……洋洋灑灑好幾行，學生們都忍不住垮了臉。

「老師，功課太多了啦！」一個綁著雙麻花辮的女學生抗議。

「英文老師還要我們背課文，說明天的英文課每個人都要上臺默背！」另一個胖嘟嘟的男孩跟著附和。同學們紛紛鼓譟，嚷著要減少作業。張霖青停下粉筆，轉身面向講臺下一票孩子們。

「拜託啦，少掉生字簿好不好，老師？」雙麻花辮小女孩懇求。

「或是不要寫數學！」另一個學生提議，教室沸騰起來，試圖討價還價想減少作業。

張霖青不免苦笑，問著：「真的會太多嗎？」他環顧教室，卻無視不斷點頭的學生們，視線最後落在靠窗座位上的一名女學生。

這個文靜女孩的氣質遠比同年齡的孩子更成熟。她發現張霖青在看著，遲疑了一下，跟著點頭。

張霖青拿板擦劃掉一行字跡，算是妥協。「今天就取消生字簿，你們要好好背英文課文知道嗎？不要讓英文老師跑來找我告狀。」

學生們大聲歡呼，在張霖青宣佈放學後將課本跟作業收拾好，然後背起撐得鼓鼓的書包跑到教室外排隊，當然還是免不了嬉鬧。張霖青催促還在收拾的同學們加快動作，邊看似不經意地走向文靜女孩。

張霖青的手輕按在文靜女孩的肩上。她驚訝地抬起頭，臉蛋因為害羞泛起紅暈。

張霖青關心地問：「減少生字簿之後，作業就能應付得來吧？其實，如果不是有進度壓力，我也不想出這麼多作業給你們。老師得向你們的父母親交待。」

「謝謝老師。」文靜女孩小聲回答，繼續收拾。張霖青發現被收進書包的還有補習班講義。

「原來你還有補習班的作業。雖然很辛苦，但將來你會知道現在的付出都是值得的，要好好聽父母的安排。如果有問題都能找老師商量，老師一定會幫你。」張霖青收回手，女孩肩膀的觸感殘留在掌心。他慢慢地握緊，彷彿就此永遠留存。

張霖青到教室外整理秩序，等學生全部到齊後便帶隊下樓，送出校園。這是小學老師的工作之一。現在老師不好當，雜務繁多，小學生也比以前難纏，天真無邪的保鮮期比室溫下的牛奶更短。幸好，他帶的這班還算乖。隔壁班的班導師為了家暴跟逃學的學生煩惱，還得不定期被教務主任約談。

張霖青倚在校門邊，雖然放學的人潮眾多，他仍一眼就看到文靜女孩。不如說，張霖青視線只鎖著她。女孩子的發育特別早，瘦高的文靜女孩比起身邊的男同學還要高出半顆頭，及腰的長髮隨著步伐微微擺晃，搔得張霖青心癢。

白色校服在午後四點的陽光照耀下更顯無垢，純潔得令張霖青感到心痛。這是幅多麼美好的景象。

一陣風輕拂而過，張霖青彷彿嗅到文靜女孩的體香。他深呼吸，讓肺部脹滿女孩的氣味，直到再也無法憋氣才慢慢、慢慢地從鼻腔呼出——是了，就是她了。

張霖青返回教室，在無人的教室不必再故作不經意地走過，可以明目張膽坐在文靜女孩的座位，用掌心摩挲光滑的桌面，彷彿觸摸的是文靜女孩的青澀胴體。

他閉眼，無法自已地沉醉在想像之中。

女孩的肚皮必定一點贅肉都沒有，肋骨跟腰間的曲線應該很明顯。乳房會是什麼形狀？現在的孩子營養豐足，說不定已經發育了？張霖青發出低沉的呻吟，突然按桌站起。

還不是時候。

不能對她出手，不是基於道德的考量，張霖青壓根不在乎是不是自己的學生。只要順眼，只要能感受到初戀般觸電的美好悸動就行了。文靜女孩不單是班上男同學爭著討好的對象，同年級也有不少的暗戀者。等到未來完全長成之後，她會好看得令同儕嫉妒、令周遭女性相顯失色。

張霖青之所以不能出手，是因為班上的學生出事他得負相關責任，任何一點不自然都可能被懷疑。他不能賭，但可以等。等到文靜女孩畢業，等她上了國中，又或者再壓抑些，等到高中時又會是不同的韻味。張霖青能夠用這份期待壓抑住慾望，只為了最後收成的高潮。

他要親手剖開女孩，舔食她的眼淚與乳蒂。

十一、這不是老師，是被霸凌的毛毛蟲

張霖青雖然返家，可是工作並沒有告一段落。

他在客廳批改學生的作業，三十幾人份的習作本疊在桌上。沙發還另外擱著一疊未評分的考卷。

他刻意挑出文靜女孩的作業簿優先批改。翻開時又讓他一陣激動，這字跡真美。他的目光掃過黑色原子筆寫就的字跡，彷彿是女孩的黑色髮絲。

再忍忍，不能著急……

突然的電鈴聲打斷張霖青的幻想。他不悅地皺眉，暫時擱筆。門外是個清秀少年，應該是大學生？乾乾淨淨的，很斯文。張霖青教過不少學生也見識不少人，卻從來沒看過這樣深邃的眼瞳。

幸好少年非常有禮貌，讓張霖青的不悅一掃而空。「您好，冒昧打擾了。我是過幾天要搬來的新住戶，媽媽要我先來跟鄰居打招呼。這是一點小禮物，希望您可以收下。」少年說著邊舉起星巴克禮盒讓張霖青看，鐵製的外盒反射著漂亮光澤。

「怎麼這麼客氣。要不要進來喝杯茶？」張霖青客套地陪笑，熱情地打開門。可是少年接著的舉動出乎意料，張霖青不明所以地看著少年將禮盒高舉過頭。

碰！張霖青來不及反應，更遑論躲避砸落的禮盒。巨大的撞擊力與看起來無害的禮盒完全不符，張霖青應聲倒地。一切發生得太快，心慌的他像溺水的人伸手亂抓，撐著牆面想要爬起。

掙扎之餘，張霖青腹部中了少年一腳，被踹倒在玄關。他再次倒地時發現地板有點點鮮血，驚惶地伸手一摸，額頭的劇痛處一片溼滑。

張霖青狼狽地爬向屋內。他聽到關門聲，以及少年很輕的腳步從背後接近。張霖青越加慌張，拼命爬近沙發，後背卻突然被少年用膝蓋頂住，像被按住殼的烏龜再也不能前進。幸好，張霖青已經握住藏在沙發下的電擊棒。

張霖青奮力扭頭，準備反擊，卻又驚見高舉的禮盒。凹陷一角的鐵盒回應他的恐懼，朝頭部猛擊，承受不住衝擊的盒蓋噴飛，幾塊大石頭滾出鐵盒。這就是少年精心準備的禮物。

少年抓起一塊拳頭大的石子，砸往張霖青握住電擊棒的那手。堅硬粗糙的石頭砸在肉上，電擊棒被迫脫手。少年沒有停止，一下、又一下。在失控痛吼的過程中，張霖青原本完好無缺的右手變成一團血淋淋爛肉，手指扭曲變形，斷折成不自然的角度，刺出手背的碎骨清楚可見。

張霖青抱著面目全非的右手蜷縮成團，彷彿被霸凌的毛毛蟲。他恐慌地猜想少年的動機，難道是受害者家屬的復仇？現在幾點、時間是不是快到了？

張霖青吞了口唾沫，嘗試談條件：「要多少錢我都可以付，只要放過我，都可以談……退休金都可以給你……」雖然他盡力克制，但尾音仍然發顫。少年默不作聲，讓張霖青有了一線生機的預感，如果用錢就能打發的話……

真能如此順利？一股不祥的寒意竄上心頭。張霖青終於察覺少年遠比他以為的更加怪異，無論是施暴的過程或是暴行之後，少年的反應都很平淡，彷彿這對他來說是吃飯喝水般自然。說不定這年紀輕輕的孩子比自己還可怕，張霖青心驚。

「你有定期打掃的習慣，環境維持得很乾淨。」少年似乎在讚賞，完全沒有理會張霖青的交易。他伸出食指在地板一抹，然後審視指腹，「沒什麼灰塵，很好。很抱歉讓血弄髒你的地板，幸好血跡的清理方式很多，我會弄乾淨的。不過，我猜你不必煩惱這個問題了。」

少年抓起石頭，飛快往張霖青頭上一砸，終結他的妄想。接著扣住張霖青的頭顱。隨著頭被轉往不自然的角度，張霖青發出斷斷續續的呻吟。直到頸部被逼至最緊、再也無法轉動的程度之後，少年才稍稍放鬆。張霖青因此得以吐出殘喘的呻吟。不料少年瞬間發力，張霖青頸骨發出清脆的聲響，斷了。隨著頸髓被破壞，控制呼吸肌的中樞訊號一併中斷，張霖青將因為呼吸衰竭慢慢死去。

眼神渙散的張霖青茫然望著模糊轉黑的視野。

現在……幾點了？

× × × × ×

十年把癱軟不動的張霖青翻過身，解開他的沾血襯衫，確認右胸口上的傑克會記號。

他會選擇張霖青出手，並非是因為姚醫生的優先推薦。而是單身的張霖青沒有妻小或同居人，在行動時不必擔心其他人妨礙或增添不必要的目擊者。經過幾天的監視，十年挑選今天行動。

解決張霖青之後，十年開始收拾殘局，將四散的石頭陸續收回星巴克鐵盒。雖然粗糙了點，但石頭方便搜集又容易丟棄。所以十年選擇在鐵盒內藏著這些「驚喜」。

十年突然警覺地停止動作，因為他聽到鑰匙插進鎖孔的聲音——來自門口。

開門的人動作很快，一個戴著遮陽帽的小男孩跳進屋內，興奮大喊：「我回來了！」然後像體操選手般高舉雙臂，旋轉一圈，慢了半拍才看見倒地不起的張霖青還有手抓石塊的十年。

地上血跡未清。

「爸爸！」小男孩嚇得尖叫。

十年箭步衝前，揪住小男孩的領子，瞬間將之制伏。緊接著一個推著行李箱的女孩進門。被屋內情景嚇著的女孩在驚愕之後，大膽地抓起隨身的背包捶打十年。

「放、放開我弟！」

女孩的攻擊不痛不癢，根本無法動搖十年。十年甚至還有餘裕騰出一手，抓住女孩亂打的背包。混亂中小男孩放聲喊叫：「姊姊！爸爸死了！」

情報有誤，張霖青並非單身。十年從這對姐弟帶著的行李猜測，也許是參加夏令營所以多日不在家，導致他沒發現這兩個孩子的存在。加上張霖青將居家收拾得很整齊，沒有見到小孩的用品，才讓十年沒有察覺有異。

突然多了兩個目擊者，情況著實棘手，極有可能還會有第三個。十年抽出小刀，抵住小男孩的頸子逼問：「你媽在哪？」

「嗚……沒有……我們沒有媽媽……」嚇哭的小男孩不可能說謊。於是十年要脅女孩：「把門鎖上。」

礙於弟弟被挾持，女孩不敢再魯莽攻擊十年，乖乖關門上鎖，然後默默走回十年面前，聽話如待宰的羊。小男孩滿臉都是眼淚鼻涕，卻不敢哭出聲。女孩勉強保持鎮定，但胸口仍因發抖而起伏不斷。

「不要傷害我弟……求你放了他……」嘴唇發白的女孩幾乎要跪地懇求。

為什麼現在的情景似曾相識？十年突然一陣沒來由的頭痛。

他從後環住小男孩。刀當然繼續抵住小男孩的頸子，這樣才好控制女孩，不讓她妄想反抗。十年卸下背包，從中拿出麻繩。他在行動時一向是採取有備無患的準則。

十年指示女孩將她弟弟的雙手反綁，確認綁緊後再命令小男孩安分坐好。然後十年看向女孩。

「換你。」

女孩怯生生地走近，看起來就像放棄抵抗要乖乖就範。但她突然撞進十年懷裡，兩人摔倒在地。

「快逃！」女孩對弟弟大喊，手足無措的弟弟愣著不動，白白浪費姊姊拼死製造出來的機會。

十年將呼痛的女孩面朝下壓制在地，把她的雙手反扣在背後。「求求你放過我弟弟，不管要我作什麼都可以……」女孩屈辱地咬著下唇。

「不要作傻事。」十年的聲音很冷漠。其實他不打算傷害這兩個孩子。滅口？不……應該還有其他的辦法。

小男孩看起來是才剛就讀小學的年紀，女孩大概是國中生？為什麼這樣的組合同樣似曾相識，十年的頭痛越來越明顯。女孩吃力地扭頭，不屈的眼裡泛著淚水。好熟悉的眼神……

「不要作傻事。」十年吃力地重複，頭痛猛然加劇，令強忍痛楚的他面目猙獰，女孩更是心驚。

眼前的一切離十年好遠，被鑿開的記憶突然再現：那具軀體是如此纖瘦，嫩芽般剛發育的胸部微微隆起。雙臂是那樣脆弱，彷彿稍一用力就能輕易折斷。在黑暗的室裡，它雪白而且光滑，像會發光似的。

「我在哪裡？我在哪裡？」十年痛苦地低吼，臉色慘白如紙。十年的位置在哪裡？在哪裡？在那黑暗的小房間，他的人在哪？記憶中的那具軀體不安地扭動，巨大的陰影逐步接近。

十年下意識遮住耳朵，不想聽見接下來的哭叫。可是不行，不能遮住，女孩會逃掉、她還沒有被綁起來……鏘噹！十年小刀脫手，他抱頭哀號，彷彿被鐵鑽鑽腦。女孩看起來好驚恐，那具軀體的主人同樣也是。

十年知道自己在張霖青的家裡，但在那段記憶之中他人在哪？

女孩用力推開十年，拉著弟弟向門口奔去。遭劇痛侵襲的十年擣著小刀，握緊。他掙扎起身，不能讓事情洩漏，還不能曝光，更不可以被逮到。還沒完，還不可以結束。

驚慌的女孩無法順利打開門鎖，被嚇瘋的弟弟在原地跳啊跳的，黃色的尿液從短褲的褲管滴出。十年抓著小刀，像被差勁的操偶師控制的木偶，搖搖晃晃地逼近兩姐弟。

門還是打不開。失去方寸的女孩本能地扯動門把。十年逼近又逼近。他高舉著小刀。

兩姐弟抱成一團，尖叫。

十二、爸爸被殺了你會不會很難過？

「育幼院疑似設備老舊起火，院長葬身火窟！」

「大湖公園民眾聚集，只為寶可夢！員警攤販都到場。」

「犯下大橘子案，陳姓僑生竟又虐斑斑至死。」

上班難得有偷閒時間，半放空的曉君趁機瀏覽幾篇網路新聞，讓被工作壓榨的腦袋稍稍喘息。

聳動的標題相對容易吸引點閱率，因此曉君自然而然點下「疑與人結怨，單親老師遭虐殺！」這篇報導。

「台北市文山區驚傳命案。昨天傍晚一名三十八歲的張姓老師被闖入家中的歹徒攻擊，現場留下大量血跡。張姓老師除了頭部受到鈍器重擊，右手掌也受到嚴重傷害，不排除是歹徒蓄意凌虐。張姓老師的子女返家時撞見兇手，據傳是個年約二十歲的少年。警方表示目前已經鎖定監視器畫面，將全力循線緝凶……」

曉君不禁想著這社會到底怎麼了？連待在家都會被歹徒硬闖？她決定回家後要再

次確認租屋處的門鎖是否足夠牢固，還需不需要額外加裝其他的鎖。

底下另有多篇相關報導，其中一則有倖存姐弟的受訪片段。想知道更多詳情的曉君接著點進。

畫面裡是個驚魂未定的小男孩，哭哭啼啼的，哭腫的雙眼幾乎看不見眼珠子。他斷斷續續地說：「壞人要殺我跟姊姊……我想逃可是很害怕。後來壞人突然抓著自己的頭說很奇怪的話，後來還拿刀追我跟姊姊可是沒有殺我們……後來、後來壞人把門打開就跑掉了。」

鏡頭一轉，記者把麥克風湊近姊姊，詢問：「歹徒大概是什麼模樣？你還記得嗎？」

相較之下姊姊鎮定許多，但略帶哭腔。她回答：「像個學生，跟電視的歹徒都不一樣，不像壞人。可是他把爸爸……」姊姊話未說完，抑制不住眼淚，掩面啜泣。

記者無視姊姊的情緒激盪，繼續追問：「所以是歹徒看起來很斯文是不是？爸爸被殺了你會不會很難過？」

把臉埋進手掌的姊姊只能點頭。

這些關於兇手的描述令曉君忍不住驚呼，好像就是十年啊！也因為這聲驚呼，恰好被經過的老闆注意到。脾氣很差又禿頭的老闆破口怒罵：「林曉君！你是來上班還是來上網啊？到我辦公室來！」

於是曉君低著頭，盯著自己的鞋尖，默默忍受老闆二十分鐘的臭罵。不過老闆說了什麼她一個字也記不得，只擔心十年的狀況。既然驚動警察，他的處境必然危險。

好不容易離開老闆的辦公室，呼吸到新鮮空氣的曉君終於解脫。她想要通知十年，於是溜到茶水間。這裡是交換八卦跟說人壞話的好地方，幸好長舌的前輩都不在。曉君撥出號碼，回應她的只有漫長的響鈴以及語音信箱。

「快接電話啊……」曉君抓著手機，一撥再撥。

× × × × ×

嗡、嗡、嗡……在閒置的鐵皮工廠裡，任何聲音都很明顯。

十年任憑口袋的手機震動，置之不理。他的腳邊是一具男性的屍體，胸膛鮮血淋漓，被重重割開的傷口深可見骨。他握著刀，帶著餘熱的血珠從垂下的刀尖滴淌，落在男人蒼白的臉頰上。

目標已死。

十年的臉沾著噴濺的血沫，溼透的瀏海覆蓋額頭，髮尖刺著冷酷的雙眼。這次的行動沒有經過縝密計畫，跟以往作風全然不同。他拿刀闖入，見到目標就砍，竟然出乎意料地有奇效。也許是因為陷入瘋狂的十年太可怕，令目標措手不及。

刀子刺進目標腹部時，十年感覺到刀柄傳來的顫動。雖然手握的是切生魚片的專門用刀，但傷人同樣好用。刀不會識別對象更不懂猶豫，可以切開的就切、能夠砍斷的就砍。

隨著十年將刀抽出，目標痛苦地彎下腰，大口嘔血，失控的鮮血噴灑一地。目標踉蹌退後，撞上桌子後失去平衡倒地。十年硬撥開目標按著傷處的雙手，掀開衣服，右胸上果然有J。於是十年一刀又一刀砍向目標胸口，直至目標斷氣。飛濺的鮮血碎肉噴得十年滿臉滿身，成了恐怖的血人。

瘋狂與正常不過一線之差，盡力維持理智的十年逐漸跨越界線。張霖青的子女——那對小姐弟等同鑰匙，將深埋的記憶解鎖。儘管只是零碎片段，卻足以令十年失卻冷靜，開始向瘋狂的另一端偏斜。

握刀的十年聽不見外界的聲音，只剩他的喘息還有腦海揮之不去的呢喃：「我在哪裡？」

在他短暫陷入混亂之間，有人進入工廠。是個穿著無袖背心的平頭男。回神的十年並不訝異，因為平頭男也是目標。姚醫生給的情報是有誤，但又如何？至少張霖青是傑克會成員、被十年亂刀砍死的目標也是成員，只要是成員就夠了。只要是傑克會就殺掉、殺掉、殺掉、殺掉……

平頭男起先訝異十年這名不速之客的闖入，但他發現十年腳邊的屍體，於是震驚轉成憤怒，令他像隻發狂的猛牛撲來。

十年冷眼一瞥，不退反進，迎上狂怒的平頭男。平頭男揮拳，十年側身躲過，拳頭堪堪擦過臉頰。十年刺出刀子，可是平頭男動作更快，直接踹倒十年。十年向後滾去順勢卸力，正好滾到屍體旁。他飛快爬起採取蹲踞姿勢，刀按上屍體的腹部。

平頭男瞠目怒瞪，大聲喝止：「住手！」

這一吼不但沒有嚇阻十年，反而令他挑釁地切開屍體，手掌探入其中，抓起一條血淋淋的腸子。他割斷腸子抓在手裡，繞圈保持距離與平頭男僵持。

平頭男猙獰狂吼，是不將十年碎屍萬段不肯罷休的瘋狂盛怒。他抓起鐵鎚，木釘的工作桌首先遭殃，被砸出大洞。平頭男失控大吼：「為什麼要殺他？為什麼啊？」

十年將刀尖指向鐵皮工廠的屋頂，一具狀似人形的東西倒吊在鋼骨懸梁上。那是目標的癖好，將被開膛的受害者倒吊，當成裝飾的戰利品。

「我知道啊！那又怎樣？」平頭男踹倒椅子，所經之處的雜物皆被砸毀，碎片散飛。他持續逼近十年，十年退開保持距離。這番繞圈恰好讓位置逆轉，平頭男站在屍體旁。

「想不想知道他死前說了什麼？」

平頭男起疑，卻忍不住想知道答案：「什麼？他說什麼？他有沒有……」

十年突然煞有其事地盯著血肉模糊的目標，受吸引的平頭男跟著看向屍體，簡直慘不忍睹、面目全非。

平頭男的喉頭發出嗚咽聲，十年趁他分心的同時扔刀，刺中平頭男左臂，立刻鮮血如注。十年在扔刀的同時逼近，趁勢繞到平頭男的身後，腥臭的腸子往平頭男頸子一纏，勒緊。

平頭男被迫扔下鐵鎚，抓住纏頸的腸子爭取呼吸的空隙。

十年的雙腳騰空，整個人被平頭男扛起。平頭男不斷倒退直至撞上牆面。十年吃痛發出悶哼，硬是堅持著沒有放輕力道，反而勒得更緊。

平頭男的臉孔因為缺氧而發紫，額頭浮現肥大的青筋。他盲亂地橫衝直撞，如困獸的最後一搏，作了墊背的十年接連撞倒工廠內的雜物，撞出紛飛的粉塵。

十年的背部被硬物刺傷，鮮血蜿流。可是他不鬆手，採取與平頭男同歸於盡的戰法，這股狠勁從未在十年身上出現過。

平頭男發現擺脫不掉十年，改以手肘向後猛擊，接連撞上十年肋骨，一次、兩次……十年終於鬆手退開。平頭男急促喘氣，卻見身下一抹銳利的寒光，精準地插進腹部。

平頭男痛苦地按著傷處，難止的暗紅色鮮血從指縫流出。十年踹倒平頭男，從他身上拔出小刀。這是十年隨身暗藏的備用武器。十年為求確認割開平頭男的無袖背心，裸露的胸口除了胸毛跟乳頭之外什麼都沒有。

平頭男不是傑克會成員。

「你眼睜睜看他殺人，結果卻無動於衷？」十年質問，刀子冷不防地捅進平頭男的左眼。

平頭男慘叫。

十年緩慢抽刀，平頭男遭到凌遲的左眼窩已成血淋淋的大洞。十年改將刀捅進平頭男的右眼，攪爛僅存的完好眼球——噗滋。又是慘叫，斷斷續續地，卻比剛才更加淒厲。

十年冷酷地評論：「幫凶。」

他踩住平頭男的頸子，借力抽刀，然後將刀面按在平頭男身上抹去血跡。如此一來，姚醫生提供的三個情報全部都解決了。但還不夠，十年需要更多……他不想停下來。

十年的腳踝忽然一緊，被平頭男抓住。「他有沒有話要對我說？告訴我……」

十年垂首，望著他的是一對鮮血淋漓的血窟窿。

「什麼都沒說。」十年割開平頭男的手腕肌腱逼迫他鬆手，被連帶劃開的動脈流出汩汩鮮血。

「啊啊……啊……啊啊！」平頭男嚎叫，流下兩道血淚。

「什麼都沒說。」十年重複，「就像現在的你顧著慘叫。」他說完隨意棄刀，跨過半死不活的平頭男，當自家似地進去尿臭瀰漫的廁所。

十年扭開水龍頭清洗身上髒汙。他抬起頭，掛在牆上的鏡子雖然都是水痕，仍看得清倒影。十年突然發狠，將整面鏡子扯下往牆面砸去，噴飛的玻璃碎片劃過臉頰，留下淡淡紅痕。

他扔掉碎得一塌糊塗的破鏡，彷彿剛才的突然失控都不曾發生，若無其事地繼續清洗。

他回到工廠內。平頭男不知道什麼時候爬近目標的屍體，那姿勢就像要搆著目標的手，但在觸碰之前卻遺憾地先斷氣了。

十年拎來暫時擱在門邊的大背包，拿出乾淨衣物更換，換下的髒衣服裝進塑膠袋後塞入背包。手機的未接來電累積二十幾通，全是曉君打的。十年視若未睹，直接關機。

離開鐵皮工廠之前，十年從口袋掏出一張照片。照片除了目標之外還有平頭男。兩人親暱地摟腰合照，平頭男將頭倚在目標的肩上。是對情侶。

他感到憤怒，這怒火當然跟目標是不是同性戀無關。若是彼此相戀，即使性別相同又有什麼關係？令十年生氣的是平頭男不單沒有阻止目標，還成了幫凶。要知道，每一個受害者都可能是某人的情人。

目標死了，平頭男哀痛至極，但他可曾想過為受害者難過流淚的人的感受？

十年揉爛照片，隨手扔掉。工廠遍地狼藉，與其花費時間清理，不如燒了乾脆，除此之外沒有什麼好建議的。他按住隱隱作痛的太陽穴，現在的狀態真的非常混亂。他明白。

不能就此止步。

十年迫切地需要殺掉更多、更多的傑克會成員。

十三、每個人都有問題，再也沒有不正常

十年在路邊隨意攔輛計程車。車內殘留淡卻明顯的煙味，他瞥了一眼塑膠珠串成的座墊，年代已久的白色珠子嚴重泛黃，變成尿垢似的噁心顏色，縫隙之間還有餅乾碎屑。

「少年欸，快上車呀！」司機操著台語催促。十年略一皺眉，有些不情願地彎身鑽進車內。

「今天很熱齁？你要去哪？」司機直接踩下油門，似乎深怕十年反悔下車。十年沒有頭緒，隨便報了條路名。雖然十五分鐘前才殺死兩個人，但他此刻看來完全不顯得慌張，是個讓人無從起疑的普通乘客。

其實，十年的平靜都是表面的假象，內心實則混亂。那奇怪的顫動還鮮明地殘留在手，頻率與心跳極為相似。那的確是心跳沒錯，當刀捅進目標的身體，那血管的脈動正是如此。

他攤開手，注視手掌。仔細洗淨的掌心乾淨得沒有任何汙垢，只有十年可以看清殘存在掌紋裡的鮮血。這是他殺的第幾個成員？

十年身上的汗水慢慢被冷氣吹乾，雖然車內的整潔程度不甚理想，但至少不必忍受車外的酷熱。司機打開廣播，胡亂轉換頻道，在令十年想直接下車的一連串雜訊沙沙聲後，司機終於甘願地停在新聞台。

「昨日傍晚發生一起凶殺命案，死者是國小老師……」

「夭壽喔，這樣亂殺人！」司機大驚小怪，渾然不知兇手坐上他的車，就近在後座。

十年不動聲色，這是預料中的發展。既然驚動警方，那麼時間遠比以前緊迫，現在殺一個是一個。他改變心意，重新啟動手機，撥給大衛杜夫。

才剛接通，大衛杜夫第一句話就道破十年的漏洞：「你沒有聯絡收購商。」

「已經無所謂了，給我更多情報。」十年說。

「不能。你失去以往的冷靜。告訴我，發生什麼事？」雖然事態嚴重，但大衛杜夫的語調仍是一派輕鬆。

「姚醫生的情報不對。」十年壓低聲音，「目標有孩子。」

「結果你天真得沒有當場滅口。事情變得更有趣了，有目擊證人，警察也會調閱監視器鎖定你，這等於無處可逃。你現在還大搖大擺地在台北活動。十年，你殺的可是老師啊，引起的社會壓力比殺了流浪漢還要嚴重。」

大衛杜夫居然在笑。「聽我的建議，先抽手吧，暫時忍耐避個風頭。習慣原諒又容易遺忘，這個小島的居民就是擁有這樣的特性。時間一久你的壓力會小很多，到時候更方便行動。」

「我沒有時間了。」十年不耐煩地咬牙。

「不要急。」大衛杜夫毫無預警地掛掉電話。

十年忍住摔手機的衝動，慢慢收回口袋。既然大衛杜夫不給，他只好一個一個慢慢揪出來。憑他的直覺足以辨識這些「異類」的存在。十年的視線在車窗外的行人游移，一個接著一個……

穿西裝打領帶的保險業務、烈陽下面色黝黑的工人、拎著塑膠袋從超市走出的大嬸、在路邊發傳單的年輕打工族、幾個騎腳踏車的小孩子……十年越看越不對勁，眼裡每個人竟然都成了「異類」，就連司機也是。

十年煩悶地按著太陽穴，原來接連遭遇院長跟那對姐弟導致了這樣嚴重的失常，現在什麼都分辨不出來。

他閉目苦思，突然打開背包，翻出姚醫生的名片。

「如果你有需要，隨時都可以聯絡我。」那日在琴鍵咖啡店分手前，姚醫生遞來的名片正好派上用場。

雖然張霖青的情報有所出入，讓十年相當不悅，但他確實是傑克會成員，加上另外兩份的成員資料準確無誤，因此就有聯絡姚醫生的價值。這次十年要在有限的時間盡可能調查，不再重蹈覆轍，不再犯下同樣的愚蠢錯誤。

十年依照名片的號碼按下數字鍵，來電答鈴是旋律輕快的鋼琴樂。

「你好？」姚醫生的聲音。

「我是十年。你還有沒有其他的情報能夠提供？」他省略不必要的客套，直接切入重點。

姚醫生訝異地反問：「先前交給你的三個情報呢？」

「派不上用場了。」

姚醫生陷入短暫沉默。「也就是說，張霖青命案的兇手是你？」

「是。」十年不打算說謊。

姚醫生嘆氣，很輕。「你不該採取這種激烈的手段，即使他是傑克會成員。以我的立場當然是反對你這樣作。可是我不認為你真的如此心狠手辣。這不完全是感性的判斷，我知道你一定有苦衷。」

「我不求醫生你的諒解。只要給我情報，我願意付出任何代價，即使在事成後自首也可以……抱歉，稍等。」十年發現司機在偷聽，所以直接掏出一張千元鈔，「不用找了，前面停車。」

被逮個正著的司機訕訕地接過鈔票，還以諂媚的笑容：「貪財貪財……」

「我換個沒人的地方說話。」十年戴起鴨舌帽，一邊確認附近有無監視器，一邊快步躲入防火巷。

「不要緊。你現在人在哪裡？我想當面見你。」

「應該有不碰面也能傳遞情報的方式。」十年的言下之意即是擔心姚醫生會向警察通報，這是正常的第一反應。

十年很快又想到，如果姚醫生給予假情報，然後預先通知警方埋伏？找上姚醫生或許是個不智的抉擇。大衛杜夫判斷的沒錯，他太急著弄到情報、過於急躁行事了。現在掛掉電話還來得及。

「我知道你在擔心什麼。如果我拿設計好的情報故意誘導你，然後事先報警呢？」姚醫生果然也想到這點。「提供張霖青資料的人是我，他的死跟我脫不了關係，我也是共犯。這樣能夠讓你稍微信任我嗎？至少報警是不可能的。」

十年陷入思考。驚動警察是最不願意發生的狀況，十年不認為自己有能耐可以永遠藏匿不被逮捕，何況他必須動手，傑克會的成員依然偽裝成平凡人混跡在人群裡。最致命的是，十年的時間緊迫。他無法預估何時會被警察圍捕，說不定一踏出防火巷，就會發現警察埋伏在對街？

選擇有限，必須賭。

「……那麼，要約哪？」

××××××

一輛白色喜美汽車在防火巷口停下。

車窗搖下，駕駛是姚醫生，除此之外沒有別人。十年走出防火巷，確定沒有可疑的人埋伏，才迅速開門鑽進前座。涼快的車內有薰衣草的香氣。

「謝謝你。」姚醫生說，然後解釋十年的疑惑：「謝謝你相信我。」

因為我別無選擇。十年沒說出口，也沒有質問張霖青的錯誤情報，只是低頭扣起安全帶。他在忍，也在等。

十年冷漠地問：「要去哪？」

「我的私人診所，目前暫時停業。你不介意的話，可以在那裡待幾天。」姚醫生操縱方向盤，發現十年面無表情，「如果你不放心也沒關係，但我把資料都放在診所，你總得去一趟。」

「你跟我碰面不擔心有風險？」十年試探性地問。

姚醫生莞爾一笑，緩緩放鬆油門，在紅燈前停下。「其實，不久之後，警察就會以為你在台東的山區。」

她轉過頭，定睛看著十年，冷靜地說明：「我已經請人買通提供消息給警方的線人，再安排假的目擊民眾，口徑一致說你出現在往台東的月臺。於是警察會順勢推論你想躲進山裡。

「我必須向你道歉，我還派人假扮你，穿著跟長相都很像。如果警方調出監視器，很可能會被誤導。只要別太明目張膽，你這幾天待在台北還算安全。」

十年回憶起大衛杜夫的介紹：醫生世家、與政界關係良好……但看來姚醫生不只是這麼簡單，儘管她從外觀看來不過是個柔弱的年輕女人，偏偏這樣的她彷彿能夠隻手遮天？

「你越來越防備我了，對嗎？」苦笑的姚醫生有些委屈。

「我沒有別的企圖，因為大衛杜夫提過你的故事，那些都是我無法想像的遭遇。可是我相信你是善良的，你放過那對姐弟，沒有濫殺無辜。」姚醫生很真摯，她的眼睛清澈無比。

「這讓我決定用盡各種辦法幫助你。」她認真地說。

十年不得不迴避這令他窒息的溫柔，撇頭看向車窗外。「我只有一個目標，那就是殺光所有躲在台灣的傑克會成員。讓我掌握這些人的身分，就是最大的幫助。」

姚醫生擔憂地皺眉。「你在玩命，你不該這樣輕率對待自己。」

「我會用盡各種方法活下去，直到達成目的。」

「在那之後呢？當你完成你的目標，接下來有什麼打算？」

十年沒有答案，他只為了剷除傑克會而活，在那之後怎麼樣都無所謂。他把性命看得很輕。

姚醫生的私人診所座落在內湖，是獨棟華廈，似乎是刻意獨立出來，周圍沒有相鄰的建物。診所外的人行道栽著成排路樹，為炎熱的正午留有避暑的綠蔭。雖然緊鄰馬路，但距離熱鬧的區段較遠，所以來車稀少。

十年暗自點頭，這裡的確是藏身的好地方。

姚醫生繞過正門，從側邊的通道駛入地下車庫，內裡的空間雖大，卻沒有其他車輛。看來是私人車庫。其實不單是車庫，整棟華廈都歸姚醫生所有。

白色喜美停妥後兩人陸續下車。姚醫生領著十年搭乘電梯直上二樓，穿越美術館似的寧靜長廊。內部的裝潢素雅，以白色為底，輔以令人放鬆的柔和燈光。十年沒有因此卸下戒備，謹慎地留意周遭環境跟逃脫的動線。

姚醫生拿出磁卡開門，診所內部跟十年想像的模樣很不同，既沒有病床也沒有點滴架，反而像是高級會客室。貼著壁紙的牆面掛著幾幅油畫，是相當舒適的空間。

「請坐。喝茶還是咖啡？」姚醫生在沙發擱下手提包，到角落隔間的小吧檯泡起咖啡。

「水就好。」

姚醫生回頭一笑，並往磨豆機倒入幾匙咖啡豆。「那我就自作主張幫你弄杯咖啡了。」

她端著兩杯咖啡回來，坐在十年身邊。雖然是什麼都沒有加的黑咖啡，但香氣十足。她輕啜一口，「你是不是覺得這裡不像診所？我是諮商心理師，這裡是諮商診所。其實，稱呼我為姚醫生不太對，台灣並沒有心理醫生，而是心理師。只是客戶都習慣醫生醫生地叫著。從小我就對這塊很有興趣，高中畢業後到國外攻讀心理學，回來考了證照，總算可以開業。算是圓夢吧？

「這也是為什麼我想幫助你的原因，我看到被心魔折磨的人就不能丟下不管。你不必馬上信任我，至少在需要的時候讓我拉你一把。我想，你大概又只想說給你情報就好吧？跟我來。」

姚醫生起身，領著十年進入諮商室。安靜的小房間擱著一張木製躺椅跟單人沙發，霧面玻璃隔間的後方是姚醫生的個人辦公室。

姚醫生開啟辦公桌後的保險箱，取出牛皮紙袋，卻沒有馬上交給十年。比起先前的急躁，十年這時相對鎮定。他知道姚醫生有話要說。

「我不能保證這些人都是傑克會成員，只能說是有嫌疑。等我把證據完全搜集起來，可以交給警察辦理。這些人都會受法律審判，你不必親自動手，置自己於險地。」她舉起牛皮紙袋，微微晃著。

無語的十年等同給予答案。

姚醫生越過辦公桌，走向他。「我早知道徒勞無功，但還是想勸你。不要太勉強自己了。」她遞出牛皮紙袋，輕握住十年手腕：「你要平安無事。」

儘管姚醫生的手很溫暖，十年被握住的部分仍是發冷。他驀然回憶起院長的撫摸，引起激烈的反胃。他用力抽手，脫離姚醫生的掌心。牛皮紙袋跟著摔落，脫出袋口的紙張散落一地。

他在姚醫生的驚呼中跪地乾嘔。院長賦予的恐懼依然殘存不散，再加上那對姐弟帶來的衝擊，還有什麼狀況能比現在更糟？

心急的姚醫生跟著蹲下，查看十年的情況。「你很抗拒別人的觸碰？」

十年狼狽點頭，又一陣無法克制的強烈嘔吐感湧上，胃部跟著抽搐。他五指怒張緊按地板，幾乎要折斷發白的指節。不存在的蛞蝓爬在十年的身上，恣意地弄髒他。黏滑、噁心。

目睹異狀的姚醫生彷彿有團沙子噎在喉嚨，好不容易才能勉強說話。

「你到底經歷了什麼？」

十四、扒皮之後，底下的是人還是怪物？

琴鍵。

正如大衛杜夫先前所說，他會成為常客。獨自拜訪的他指定包廂的位子，享受草莓蛋糕。桌上擱著一本外文精裝書，大衛杜夫隨意翻開，內頁赫然夾著幾張怵目驚心的屍體照片。

那是鐵皮工廠的傑克會成員與幫凶，照片呈現出的慘狀都是十年的傑作。淋在蛋糕上的草莓醬與血漿有些類似，但不影響大衛杜夫的食慾。不過就是血與屍體，見多也習慣。

十年的確是過火了些，若非大衛杜夫與十年熟識，恐怕會認為這是喪心病狂的變態痛下殺手。十年當然不是正常人，可是與喪心病狂還扯不上邊。十年極具潛力，作為情報商的大衛杜夫識人無數，敏銳看出藏在十年心裡的無數混亂。

這麼多年來，十年都與那種混亂共存，雖然看上去不受影響，但說穿了都是在壓抑罷了，終究會有反彈的一天。這就像捧著一盆水，搖搖晃晃地走在高空的鋼索上。盆中的水隨時會潑灑出來，全部傾覆也不無可能。十年可以說是非常不穩定的炸彈，殺傷力極強。

現在該引爆了？

不，當然不行，還不是時候。大衛杜夫攪亂草莓醬，連同蛋糕一起攪爛。十年這個孩子非常、非常有趣，而且聰明，或許是沒受過正規教育的緣故？從學校製造出來的複製人沉悶得令大衛杜夫作嘔，他渴求獨一無二，因此樂意資助十年所需的一切，單是十年可以讓他見識到不一樣的東西就足夠了。

大衛杜夫從不缺錢，每天都有人捧著重金只求購買情報。他追求的是在物質之外形而上的歡愉。

「你還能讓我看到什麼？」大衛杜夫的眼裡有炙人的光，以叉尖沾著草莓醬寫下「十年」兩字，然後隨意刮散。

叩叩。

包廂外有人敲門，是以豪。大衛杜夫不動聲色地闔上書本，將照片隱藏好，大方地邀他入內。

「很高興你再次光臨。這是特別招待的蜜漬莓果塔。」以豪將光滑的黑色瓷盤擱在大衛杜夫面前。盤上的甜點散發著誘人的香氣。

大衛杜夫讚賞地彈響手指，迫不及待地將莓果塔剖半。縱切面可以看到草莓、藍莓、蔓越莓、覆盆子等多種莓果的內餡，千層派外皮酥脆得無可挑剔，切開時的聲音很清脆。以甜點面來說，琴鍵這間店真的帶給他很大的驚喜。

以豪在大衛杜夫的正對面坐下。「這個請求很突然，但我需要你幫個忙。」

「直接說沒關係。」大衛杜夫吞下切成一口大小的莓果派，笑彎了眼。卻不單是因為美味的甜點而喜悅，而是因為等待驚喜而發笑。以豪也是個有趣的人，大衛杜夫有預感，這個忙絕對值得一幫。

「幫我聯絡十年。」

「就算這次的蜜漬莓果塔比巧克力岩漿蛋糕更誘人，還是沒辦法吸引十年。他不喜歡甜食，你是自討沒趣。」大衛杜夫放下刀叉。「開玩笑的。你找十年的原因一定跟甜食無關。」

「請替我轉達，說我知道那天發生的事。」以豪特地加重語氣：「一切。」

「沒問題。」大衛杜夫一口答應。小事。

「謝謝，真的幫了大忙。這本書好像很有趣？」以豪好奇地指著桌上的書。

「非常值得一讀。」大衛杜夫笑了，但只有足夠敏銳的人才能察覺笑容內藏的威脅性。

以豪正是這類聰明人，於是識相地打住。他客氣地邀請：「這裡每個月都會提供免費特餐。如果有空，希望你可以賞臉來看看。這次準備的是鹹派。」

「先婉拒了。點心還是得吃甜的才好。」大衛杜夫叉了塊莓果塔，向以豪致意。

×　×　×　×　×

「你打算赴約？」不請自來的大衛杜夫愜意地窩在躺椅上，一邊的矮桌放著剛泡好的咖啡。他簡直像是來渡假的。

姚醫生的私人診所很舒適，咖啡機是基本配備，另外還有氣泡水機跟各種玩意。茶水間附有簡單的烹調器具，烤土司或煎蛋完全不成問題。冰箱存放許多微波食品，是姚醫生特地為十年準備的。

不單如此，診所樓上還有淋浴間跟客房，因為姚醫生偶爾會在這裡過夜，所以為求方便，這棟樓內建可以滿足日常需求的各類設備。這幾天十年暫住在此，過著足不出戶的躲匿生活。

十年坐在一旁的單人沙發，那是姚醫生為人諮商時的專屬座位。他與大衛杜夫恰好分別佔據醫生與病人的位置，但無論怎麼看，都是顯露疲態的十年更像病人。

他沒有回答大衛杜夫，而在內心設想各種可能。以豪暗示的「那天」指的是什麼？也許是恰好目睹十年殺人、也說不定以豪正是傑克會成員，為報復而找上門來。

雖然以豪是個帥氣的陽光男孩，還身兼咖啡店店長，兩種條件加在一起可以說是相當優秀，但與傑克會交手的十年深知外在形象全是假，那是早有預謀要呈現出來的樣貌，這點適用於所有人。

偽裝，每個人或多或少都有，端看程度深淺。怪物為求在日光下行走也會學著披上人皮。

如果以豪是傑克會倒也好，十年求之不得。比起慢慢去搜索，他們自己找上門來更棒。可是十年有股說不上來的奇怪預感，說不定事情會導向預設的最壞可能——

如果真的是「那天」呢？

大衛杜夫端著盛有砂糖的小盤子。嗜甜的他以指腹沾取，津津有味地品嚐。「以豪還留下一個地址，也許可以幫助你作出決定。」

大衛杜夫報出地址後，欣賞著十年如遭電擊的震驚反應。這可是出乎他意料的大收穫，十年竟也有這樣失措的表情！大衛杜夫讚嘆，將砂糖一股腦倒進嘴裡。真甜。

十年臉色刷地變得慘白。為什麼以豪知道那個小房間？

「我猜，你是同意赴約了。」大衛杜夫放下盤子，將咖啡飲盡。「先走了。在外行動自己注意，我不想看到你蠢得被警察抓住。」

深夜十一點。

十年離開無人的診所，戴著帽子的他刻意壓低帽沿，盡可能扮成夜歸的路人。毫無戒心的計程車因為他招手而欣然停下。目的地與姚醫生的診所有段距離，十年認為這是最好的選擇，省時，只有司機一個人有機會認出他。

計程車跟著車流前進，外面的街燈與車燈無聲消逝。新聞廣播還是在報導張霖青命案，創意無限的記者捏造了十年的身世。

在報導中，十年是出身單親家庭的孩子，突然擁有一個喝醉酒就會打人的父親。他在輟學之後到處打零工卻又處處碰壁，所以造成反社會的傾向。這些虛構的原因導致十年長大後性格扭曲，最後犯下殺人案。

原來事實不重要，編造一個就好，將所有被大眾認同會成為殺人犯的因素加在一塊，一個栩栩如生的兇手就此誕生。不必考證，考證太多餘了，只要能掀起混亂的浪頭就好。既諷刺又可笑，但十年笑不出來。

也許在今天，他要被迫面對自身的過去，絕無半點虛構。

計程車經過捷運信義安和站，駛進寧靜的巷區。十年付過車資後下車。一隻流浪的虎斑貓走過，戰戰兢兢地看著十年，然後鑽進汽車底下。

琴鍵已經打烊。黑色窗簾全都拉下，無法看見裡面的動靜。十年戴好黑色皮手套，將小刀插在背後的褲腰。他試著推門，發現門沒有鎖住，於是悄悄推開一小條隙縫。

裡面有燈光。

在唯一亮著的吊燈底下，是坐在桌前的以豪。與先前爽朗的形象不同，今天的他分外深沉。以豪冷酷地盯著門口，注意到推開的門縫，幾乎是同一時間發出命令：「進來。」

既然被發現就沒有繼續匿蹤的必要，十年乾脆地推門現身，但不急著進入，首先掃視店內，確認無人埋伏。擱在層架上的杯盤與咖啡壺宛如小小的幽靈，陰影裡什麼都沒有，不自然的空氣令十年格外留心。

「這裡只有我跟你。」以豪戳破他的顧慮。

十年走進店內，門只是輕輕帶上。

「終於找到你了。」以豪的聲調很冷，像冰。

「我不懂。」十年手探向身後，握住小刀。

「你不懂？」以豪反問，壓前的身體橫越桌面。他慢慢瞪大眼睛，露出吃人似的凶光。「就在那天，在那個黑暗的小房間，你殺了我的姊姊。」

太突然了。以豪所說的簡單易懂，但這些單詞組成的句子卻令十年無法理解。

什麼意思？**殺、了、我、的、姊、姊**。

「**殺、了、我、的、姊、姊**。的確有個女孩在那個黑暗的小房間死去，可是為什麼以豪說那是他的姊姊？**殺、了、我、的、姊、姊**。為什麼以豪說是我殺的？**殺、了、我、的、姊、姊**。這不可能，完完全全不可能。」

「**殺、了、我、的、姊、姊**。」

以豪的聲音彷彿鐵錨般沉重，將十年的心緒打進不見五指的黑暗深海。「為什麼那時候的你年紀這麼小，卻可以痛下殺手？你還記得你是怎麼對待我姊嗎？你脫光她的衣服，然後蹂躪她、用盡各種方法糟蹋她……」

「我沒有！」十年著急辯解，「什麼都沒作……」

以豪拍桌站起，手掌因為用力過猛而發白。「就是你，我認得你！……你不顧她的哭叫，切開她的肚子、弄斷肋骨，只為了掏出心臟！你生來就是惡魔、是殺人兇手！」

以豪的雙眼血絲滿佈，還有悲傷的淚光。

「是傑克會殺的！」十年嘶聲回應。

以豪猛然踢翻桌子，大步跨近，粗暴掀起十年的衣服。十年與他互相拉扯，最後還是難敵盛怒的以豪，被強脫去上衣。以豪用力地把衣服砸在地板上。然後揮拳，重重毆打十年的右胸。他逼問：「回答我，這是什麼？」

重心不穩的十年連退幾步，好不容易在靠窗的桌邊站穩。他扶著桌子，慢慢轉頭。吊燈的燈光雖然微弱，仍足夠讓他看清玻璃窗的倒影。

十年赤裸的右胸刻著——J。

十五、沒有名字，只有編號09013

惡夢般的字母刻在十年的胸上。

在只聽得見十年喘息的寂靜之後，他突然狂吼，發狠抓起椅子扔向玻璃窗。倒影應聲破碎。他像奢求饒恕的死囚，拼命地否認：「我不是傑克會。我沒有殺她……」

十年是知道的，都知道。那個記號一直都在。所以他不看，盡力迴避自己的身體，甚至逃避地毀去鏡子，就怕從鏡中看見J。

這個身體不屬於十年，早已四分五裂地被瓜分殆盡。他不是自己的主人。

以豪雙手抱胸，冷眼看待。「是你，你就是殺人兇手！你該不會一直深信自己是無辜的？」

「我跟她一起玩得很高興，她很照顧我，把我當成弟弟。」十年癱坐在地，突來的鑽腦疼痛令他抱頭呻吟。「不是我，我不可能傷害她……」

以豪毆倒十年，鄙視地斜睨。「你不是什麼弟弟，你是兇手。好幾年了，我一直在找你。結果你活在自己捏造的假象，還取代了我？是你毀了一切，不管付出任何代價我都要為她報仇。但不是今天。我要等你完全回想起那天犯下的罪行時才動手。我要你懺悔，然後痛苦地死去。」

「現在，你滾吧。」以豪拾起衣服，用力扔到十年臉上。

十年抱著頭，搖搖晃晃地踏出琴鍵。他以為記憶不該有誤，自己更不該是傑克會的人。可是那天的那個時候，他的人在哪？這麼多年了，他始終記不得當時的位置。

難道真如以豪所說的，是他角色錯亂了？真正的兇手竟然妄想自己是受害者？這是多麼粗劣的玩笑！

他不記得是怎麼回到姚醫生的診所，只是一段跌跌撞撞又恍惚的過程。劇烈的頭痛未消，被以豪毆打的部位亦隱隱作痛，尤其喉嚨乾渴得幾乎要裂開。他一進門就直奔飲水機，雙手捧水不斷狂飲，弄得胸前衣服全濕。

溼透的白色T恤下，肉刻的J隱約可見。十年無力跪倒，不敢看那記號。他想為自己澄清，可是不會有人聽見。彷彿靈魂也要消耗殆盡的十年就這樣蜷縮在地，雙眼慢慢失焦。這段睡眠似乎漫長卻又短暫，他不清楚究竟睡了多久，乍醒的他抓不住時間感。

十年感覺到身旁有人，接著肩膀被輕輕搖動。他吃力地睜眼看清，看見姚醫生擔憂的臉。

「你怎麼會睡在這裡？身體不舒服嗎？」

「沒有……」十年忍著頭痛緩慢起身。姚醫生不放心地要扶他進諮商室，但被婉拒。十年還是不能接受多餘的肢體碰觸。他走向躺椅，然後脫力倒下。躺在椅上的他茫然瞪著諮商室一角的空氣，想著有個方法也許能夠勾出完整的記憶，這是他選擇回來診所的原因。

「你的臉色很糟。」姚醫生拿來熱茶，讓十年喝下。溫熱的茶液稍微舒緩了十年的痛苦。他嘴唇蠕動，似乎在說些什麼。姚醫生將頭湊近，終於聽清楚那低語，「幫我催眠，我想要找出一段記憶。」

「你現在太虛弱，或許再休息一會？」姚醫生勸阻。

十年搖頭，痛苦地表示：「我必須弄清楚那一天……到底是誰……」

見十年堅持，姚醫生雖然心疼還是勉強同意了。「那好，你先描述關於那段記憶你所知道的部分，包括時間地點，還有其他的任何線索都可以。這些都有助於我建構情景，讓你更快融入。」

於是十年剝開記憶的磚牆，緩緩交待他僅知的殘存片段。黑暗的小房間、被綁起來的赤裸身體、逼近的陰影、哭叫……姚醫生聽著，不時在筆記本寫下摘要。她慢慢皺起眉頭，澀聲問：「這些事情，你一直都記著？」

「記著，但不是全部。我一直不知道自己在哪。」十年抓緊右胸，他從來沒有如此坦白，有一種赤裸的不適感。「也不知道為什麼會有這個記號，等我發現的時候就在了。會不會，我真的就是兇手……」

「不能排除你因為罪惡感所以形成假記憶，甚至混淆自己的角色。」姚醫生頓了頓，慢慢將手覆在十年的手背上。「你放心，即使你是兇手，我還是會幫你的。因為我是醫生。」

姚醫生的觸碰又讓十年難忍地反胃，可是他連嘔吐的力氣都沒有，只能虛弱地閉上眼睛。

「開始吧？」

×××××

那一年的育幼院。

這時候的十年只有八歲，還沒有被侵犯，更不會認為自己骯髒不堪。可是他已經被困在左棟二樓，只是那時候的監視還不夠嚴密，這些孩子還奢侈地擁有進出房間的自由，直到入夜才會被全部鎖回房內。院長以為這樣能讓這些被隔離的孩子相對健康一點，就像放養山雞，但從來沒讓他們離開左棟二樓的範圍。

院長更自信地以為能掌握所有的孩子，不斷警告他們外面的世界有多危險多可怕，只有育幼院是安全又可靠的庇護所。多數的孩子都被唬得一愣一愣，嚇得不敢接近長廊盡頭的安全門，就怕被隔離在外的怪物會受驚動，發現他們躲藏在這裡。

安全門旁邊的警衛雖然凶悍可怕，但遠遠不及孩子們因著被捏造的恐懼而想像出的怪物。那個警衛可以保護你們，院長這樣說，孩子們信了。小十年也信了，可是更加好奇外面究竟是什麼模樣。好奇心日漸膨脹，直到小十年再也不能壓抑。他開始計畫，每日觀察輪班的警衛。

苦苦忍耐的小十年終於逮到機會。他趁著癡肥的警衛吃完午飯開始打起瞌睡時，躡手躡腳穿越警衛桌前，偷偷將安全門推開一道小縫，側著身體鑽了出去。

這是他第一次踏出左棟二樓。

好不容易見到外面世界的小十年難掩興奮，心臟砰砰狂跳。可是他很快就鎮定下來，沒有得意忘形，還是謹慎地注意附近的腳步聲，確定沒有人接近才慢慢貼著牆壁前行。

經過一側的教室時，裡面喧鬧的聲音引起十年注意。他從窗外悄悄探頭，看到許多小孩子在爭搶玩具或是塗鴉。他發現這些孩子跟自己非常不同，他們不是穿寬鬆的袍子也沒有繡上名牌。十年沒有名字，他唯一的稱呼是編號０９０１３。

小十年的運氣不錯，順利溜下樓。大廳接待處的阿姨正埋頭抄寫東西，其他空閒的員工顧著聊天，沒人注意到他。這些人都知道左棟二樓的存在，這是育幼院公開的祕密，員工都知情，卻從來無人洩漏。鈔票足夠把嘴巴塞得密不透風，流不出任何一點祕密。

小十年壓低身體，藉著桌子跟櫃檯的掩護順利抵達門口。門外很亮，他隱約看見泥土地，空氣居然是流動的，而不是人造的空調。他回頭，最後再確認沒有被人發現便拔腿跑出門外，沿著牆，避開空曠容易被發現的地方，用盡所有的力氣奔跑。

他突然發現臉頰濕濕的，原來在流淚。

終於停下之後，他眼前視野遼闊無比，原來天空是這個模樣、原來雲的形狀這麼多變、原來陽光這麼耀眼。院長跟警衛編織恐怖的謊言，恐嚇這些孩子們外面很危險，讓他們待在二樓是為了保護他們。從小就被如此教育的孩子們都深信不疑。小十年也是，可是就算很危險也沒關係，他更高興自己逃出來。

他用袖口擦去眼淚，決心要離開這裡，只因為想看見更多。一輛貨車進入育幼院，司機從車後卸下幾箱蔬菜跟水果。趁著司機送貨進大樓時，小十年偷偷爬進車後的帆布棚，藏在雜物堆後。

帆布棚裡面有點悶熱，幸好是秋天，不至於渾身臭汗。小十年盡可能縮起身體躲好，免得被發現。他聽到車門開了又關，還有引擎的發動聲。車子晃動起來，離開育幼院。

躲在帆布棚深處的他看著育幼院越來越遠，終於變成遠方難以辨認的一個小點。那些在育幼院不曾見過也沒有教過的東西逐漸展現在他眼前，陌生又新奇。小十年看得眼花撩亂。四周慢慢變得吵雜，來車變多。他覺得人多不好，怕被發現，會不會有育幼院的人要來帶他回去？

小十年趁著貨車在紅燈停下時跳車，在周圍駕駛們的吃驚注視下一溜煙跑走。他當然不認得路，只能依著直覺亂走。這裡並非繁華的大城市也不是鬧區，離開大馬路之後，行人跟建築又更稀疏了，環境也幽靜得多，都是獨立的透天厝還有車庫，附近還有小樹林或竹林。

雖然身處異地，小十年完全不慌張，只有說不出的興奮。

幾個小孩子騎著腳踏車，另外還有幾個孩子拿著籃球追在後頭，嘻嘻哈哈在路上玩。他們發現小十年，開始好奇地討論：「他誰啊？沒看過耶，穿的衣服好奇怪。」「會不會是新搬來的？」「哪有，根本沒有新鄰居啊！」

不喜歡受到注目的小十年只好往更偏僻的地方走，直到那些小孩子再也看不見他。偏偏這條路的盡頭是露出紅磚頭的水泥牆，再無前路。

「你是誰？」突然有人問，小十年張望四周，才發現是在鄰近院子裡的一個女孩。那院子用矮牆圍起來，穿著碎花洋裝的女孩坐在木搭的鞦韆上。她的年紀要比小十年大上幾歲，頭髮很長，腿也很長，戴著紅色的髮箍。雖然稱不上敵意，但女孩似乎在提防小十年。

小十年搖頭，他不能回答也沒有答案。

「你是不是新搬來的？」小女孩又問，他還是搖頭。女孩不悅地皺眉：「那你怎麼會在這裡？迷路了？」

他搖頭，這不算迷路，反正出了育幼院就什麼都認不得了。不對，這樣就是迷路了。於是小十年又點頭。

女孩的眉頭幾乎擠在一塊，不耐煩地問：「到底是有沒有迷路？」

這次小十年乖乖點頭。女孩俐落地跳下鞦韆，從院子走出來，一把牽起他。「知不知道地址？我帶你回去。」

「我沒地方回去。」不想回去育幼院的小十年抬頭回答，因為較年長的女孩比他高得多。

「說謊。你一定是從什麼地方來到這邊的，不可能憑空出現。」

「我不要回去。」小十年掙開女孩，拔腿就跑。

他一跑，女孩就開始追。怕被帶回育幼院的小十年跑得飛快，很快就將女孩甩在後面，他穿的是育幼院發的便鞋，鞋底很薄，腳掌開始發疼，可是不敢停下來。直到聽見一聲痛呼才忍不住回頭一瞧，原來是女孩摔倒了。

女孩慢慢坐起，破皮的左膝紅通通的。這一跤摔得不輕，女孩一時站不起來。心懷愧疚的小十年掉頭，幫女孩撿回拖鞋，然後像個無害的小動物乖乖待在一旁。

「拉我一下。」女孩伸手，小十年使勁拉起。本來女孩想帶迷路的他回去，沒想到卻是反過來被小十年帶回家。女孩家的客廳很大，沙發跟電視像要配合客廳的大小似的，尺寸相當龐大。地板寬敞得能讓小十年來回打滾。

女孩告知醫藥箱的位置要他拿來。小十年聽話照做。女孩接過醫藥箱，用紗布沾食鹽水，忍痛擦去傷口沾到的泥沙。在育幼院的時候，左棟二樓的孩子都很安分，少有人打鬧或亂跑，很少有孩子跌倒受傷。處理傷口對小十年來說很新奇。

女孩發現好奇瞧著的小十年，沒好氣地問：「這很有趣嗎？」

眼看小十年興奮點頭，女孩冷不防地在他的手臂捏了一下，嚇得他躲到沙發後面。女孩得意地笑著：「很痛對吧？看你還敢不敢幸災樂禍。」

處理好傷口的女孩發現小十年還是不見蹤影，有些無奈地呼喚：「喂，不要躲了。告訴我為什麼不想回去？」

小十年從沙發後探頭，不假思索地回答：「不喜歡，不想。」

「你討厭回家嗎？」女孩問。

如果育幼院等於是家的話，那麼答案當然是肯定的。小十年答：「討厭。」

「那我帶你去一個地方。」

十六、如果不想回去，那就留在這裡

女孩撐著沙發扶手站起，因為扭傷所以走路一跛一拐，很是不便。善良的小十年自願充當拐杖讓她倚靠。

在女孩的指引下，兩人穿越巷區，來到更偏僻的地方，人影漸少，路旁的樹漸多。經過一處轉角，走進延伸的小路，眼前就是散滿石頭及碎瓦礫的空地，還有一間小屋。

小屋門邊的春聯已經剝落，連字跡都看不清楚，窗臺邊積著一層厚灰。門一推開，被激起的灰塵亂飄，霉味撲鼻而來，嚇得小十年退後。這一退險些害女孩摔倒。「灰塵而已啦。這裡已經好久沒人住了。」女孩用力捏了小十年一把，示意他別緊張。

小十年在牆邊摸索到電燈開關，但按下後毫無反應。幸好女孩備有手電筒，而且天色尚未全黑，多少還是能夠視物。氣氛有股說不出的詭譎，尤其是屋內深處的黑暗連光都無法透入。

小十年倒是不怕，女孩也很鎮定。兩人慢慢探索，這間十五坪左右的屋子分成客廳、臥室跟廁所，還有一間堆滿雜物的小室，家具的風格有種民國初年的味道。

女孩跟小十年從櫃子找到抹布，然後自屋外的水井取水，再就著手電筒的燈光簡單地擦拭家具。累積的灰塵不少，抹布擦過立刻變黑，令小十年不禁咋舌，只能來回反覆清洗抹布。忙了好一會，終於有個樣子。

兩人在客廳的方桌旁坐下休息，小十年好奇地東看西看，發現頭頂的日光燈管結滿蜘蛛網，守在網邊的蜘蛛竟然有手掌那麼大。

女孩一手撐著臉頰，「本來有個老爺爺住在這裡，我曾經見過他。但後來好久沒看到了，再後來才知道他過世了。其他小孩都說這裡鬧鬼，誰都不敢來探險。欸，你會怕鬼嗎？」

「不怕。」其實小十年根本不知道鬼是什麼東西。在他的認知裡，沒有什麼會比嚴厲的院長還要可怕。

「怕不怕都不要緊。這裡根本沒有鬼，我來過好幾次，什麼都沒遇過。」女孩說得輕鬆。

「為什麼來這裡？」小十年好奇地問。

「要你管。」女孩作勢又要捏小十年，這次他機警地躲開。女孩沒有繼續追擊，「你不想回家的話，可以待在這裡。老爺爺好像沒有親人也沒有朋友，這間屋子沒人要，可惜沒有電很不方便。對了，你會不會餓？」

這一問，一整天沒有進食的小十年才開始覺得飢餓。女孩要十年陪她返家。回到女孩家時，院子停著一輛剛才未見到的黑色房車。女孩不悅地嘀咕：「今天這麼早回來啊。」

於是女孩要小十年在外頭等著，然後就進屋了。女孩進去沒多久就傳出男人的憤怒責罵，幾乎與咆哮無異。那聲音又大又急，說話的速度實在太快，小十年聽不清楚內容。在那壓倒性的斥罵裡，隱約可以聽到女孩的聲音，似乎在回嘴。

後來屋裡逐漸平靜下來，再無半點聲音。一個小時、兩個小時過去，女孩沒有出來，苦等的小十年躊躇一會，循原路回去廢棄的小屋。夜裡的小屋更加陰森可怕，無處可去的小十年倒是大膽，一個人坐在陰暗的屋裡等著，又是一個小時過去，女孩仍然沒出現。

等著等著，經歷一整天冒險的小十年累了，伏在方桌上漸漸睡著。

他夢到院長帶人來抓他回去，他拼命地逃，但跑沒多遠就被逮到。管理員抓住他的肩膀，用力地搖晃，有如天搖地動。被晃醒的小十年睡眼惺忪地抬起頭，幸好人仍在廢棄小屋，沒有被院長抓回去。可是真的有人抓住他的肩膀。

小十年只得回頭，原來是女孩。拿著手電筒的女孩眼睛微微紅腫，默不作聲地從隨身背包拿出麵包跟保久乳，撕開包裝後遞來。

小十年接過，像在確認麵包有無危害似地檢查每一面，才咬了一口。味道很甜，是巧克力口味的。他打直腰桿端正地坐好，每一口都經過仔細咀嚼二十下才吞嚥，接著再咬下一口。在育幼院的規矩就是這樣，孩子們從懂事開始就被迫遵守，一時難改。

「你的吃相太嚴肅了，你爸爸是不是也管你管得很嚴？」女孩的聲音帶著掩飾不住的哭腔。

「是院長。我沒有爸爸。」小十年等到完全將麵包吞下肚後才回答，不忘先把吃到一半的麵包整齊地放在桌面，這也是育幼院的規矩。他說完又補充：「也沒有媽媽。」

女孩大概猜到是怎麼一回事。「你是從孤兒院逃出來的？」

「我不想回去。」小十年不免擔心女孩會通報院長。

「那留在這裡。我不會跟人說。」女孩又捏了十年的手臂，這次很輕，像同情，又像試探同類般的觸碰。

小十年吃飽之後，兩人合力在臥室鋪床。女孩從家裡拿來睡袋，因為是成人的尺寸，攤開後足以覆蓋整張床。小十年脫掉鞋子，整齊擺好才爬上床。女孩將點燃的小蠟燭放在破碗裡，擱在床頭。被柔和燭光照亮的室內不若先前陰森，反倒有點溫馨。

女孩坐在床沿邊，猶豫了一下，也踢去拖鞋，並肩躺在小十年身旁。

「我不想回去。」這次是女孩說的。小十年發現女孩的眼角有淚珠滑落。女孩的肩膀顫抖著，她咬著下唇盡力不哭出聲。

「那留在這裡，我不會跟人說。」小十年說著跟剛剛女孩一樣的話。女孩沉默，隨即又捏了小十年，讓他痛得縮到牆邊。

女孩破涕為笑，儘管那笑容還是有點哀傷。「幹嘛學我說話！」她抹掉眼淚，吸了吸鼻，然後伸手勾住小十年的小拇指。「那我信你一次，誰都不能說。」

小十年用力點頭，善良如他當然會保守祕密。

時間很晚了，靜得能夠聽見蟲鳴，入秋後的天氣很涼爽。屋內有股散不去的霉味以及老房子特有的陰沉感，可是小十年待在這裡遠比在育幼院更加安心，雖然身體疲倦，可是精神很好。他的一雙眼睜得大大的，像夜裡的貓頭鷹。

他與女孩各據床的一邊，睡著的女孩勾住他的小指不放，可是不會讓小十年感到困擾，被勾著小指頭的感覺很奇妙。當時的小十年不明白女孩是因為找到慰藉所以不敢放開，誰知道一個突然出現的陌生小男孩，會成為讓她在夜裡偷偷逃家的契機？

天一亮女孩還是得回去，可是今晚她就在這，就像十年逃出育幼院，她也想逃。

女孩在睡夢裡還是皺起眉頭，擺脫不掉愁緒。小十年安靜地凝視女孩，她有張很好看的臉，嘴唇微翹的角度剛剛好。小十年想起在字典讀過的形容詞，用漂亮來形容應該沒錯吧？睡不著的小十年開始數起女孩的睫毛，直到蠟燭燒盡，屋內歸於寂靜的黑暗。

「晚安，小姊姊。」小十年輕聲地說，突然決定要這樣稱呼女孩。

× × × × ×

小十年醒來時，床邊已經空了，只有透窗灑落的日光。他離開臥室，客廳的方桌上堆著麵包跟零食，是小姊姊留下來的。一張紙條壓在麵包底下，娟秀的字跡寫著「你別亂跑，我放學後過來」。

等待的過程不無聊，小十年早就知道該如何打發時間。他又仔細打掃一次，還吃了零食，水果軟糖的滋味又酸又甜。在育幼院有時候也能吃到糖果，不過都得完成被交派的工作或讓院長滿意才行。他不喜歡這種條件交換，所以小姊姊帶來的水果軟糖更顯美味，因為小姊姊是無條件對他好。

等到陽光不再刺眼，影子越來越長的時候，小姊姊依約出現。她這次帶來其他食物跟簡單的換洗衣物，看來是認定小十年會長期留在這裡。

那時候智慧型手機還未問世，只有簡單的娛樂，於是她教小十年下棋。一開始小十年因為生疏所以屢次慘敗，等到摸熟之後，小姊姊只有眼睜睜看著盤面上自己的棋子越來越少的份，一輸再輸。

「你以前是不是有偷偷學過！」小姊姊怒捏小十年一把，接著轉變攻勢不斷搔他癢。怕癢的小十年只能求饒，他不是故意要一直贏，只因為生來就是個聰明的孩子。

小姊姊逗留一段時間之後會暫時離開，接著再次出現就是好晚的時候了。後來小十年才知道她是先回家，等到父母都回來或是確定不回來後，才在深夜偷偷過來小屋。這時間小十年正好也睏了，小姊姊在床邊點起蠟燭，兩人並肩躺著，看著天花板搖曳的影子，或許聊天又或著維持不尷尬的舒適沉默，直到陸續睡著。

這樣的日子持續著，小十年沒有想過以後會如何，因為現在就很好。他跟小姊姊感情越來越親密，簡直像親生姐弟，可是兩人不曾爭吵，小姊姊除了偶爾的惡作劇之外沒有欺負過他，還盡可能從家裡或花零用錢提供物資，讓小十年在這裡不會過得太克難。

小十年負責傾聽，每晚聽小姊姊訴說她的不愉快和煩惱，像是為了事業所以不把重心放在家庭的暴躁父親、在外勾搭其他男人的不稱職母親，還有明年就要從國小畢業，要到更遠的地方就讀國中的不安。

「我爸爸不是每天都會回家，可是每次回來都罵人，罵到最後我也不知道為什麼被罵了，好討厭這樣。那天你聽到我爸爸大吼，很可怕對不對？我真的很怕他，回嘴的時候我其實在發抖。然後我都會想為什麼媽媽人都不知道去哪，我只能一個人挨罵……」小姊姊眼裡又蓄滿淚。

這些因素累加後的結果就是小姊姊選擇在每晚逃離冰冷的家，然後像白晝版本的灰姑娘趕在天亮前返回。

不約而同渴望逃脫的小十年與女孩終於擁有不被人所知的棲身處，只有在這裡才能夠不害怕被傷害，是兩人專屬的庇護所。可是他們終究太幼小，現實的暴力猶如巨大車輪，小十年跟女孩沒有力量抵抗，只能像脆弱的蟲子被碾壓得支離破碎——

那一天的到來，血淋淋地體現這個事實。

十七、浪潮退了就知道，誰是兇手

記憶突然中斷。

就像失去訊號的電視啪地一聲，只剩靜止不動的黑暗。處在催眠狀態的十年像浮游生物，漂浮在黑暗的記憶之海，被翻起的回憶底砂讓純粹的黑暗變得混濁。

他一直深深記得小姊姊對他的好，烙記在心。可是直到今日才發現原來他將遇到小姊姊、還有彼此互動的細節記得如此清楚，甚至還能嗅到當時的氣味：老屋子的霉味還有小姊姊身上衣物的洗衣精香味，她的習慣性皺眉、皺眉後的展顏歡笑……這些都好懷念、好懷念。

這些年他始終被「那天」的片段反覆追殺，一再反問自己究竟在哪？他堅信是傑克會殘殺小姊姊，但以豪帶出完全不同的可能——如果十年才是真正的兇手、甚至也是傑克會的一員？

這恰好擊中十年最沒有把握的部分，因為他的記憶並不完整，甚至「那天」前後幾日的記憶都是空白，為什麼右胸口刻有傑克會的記號？最接近「那天」的記憶是他已經被關回育幼院。十年最後還是難逃被逮回去的命運。

十年開始不安，雖然極為緩慢，但黑暗確實在褪去。又開始頭痛了，起先很細微，然後不斷加重又加重，直到劇烈如腦殼被撬開。周圍的黑暗越來越淡薄，開始透出微光，劇痛亦跟著終止。中斷的記憶將從某個片段銜接，自靈魂深處湧出的悲愴令十年明白終於來到最關鍵的片段。他要把握這次的機會，確認自己的位置。

記憶之海的海潮退去，不被帶走的十年遭遺棄在冰冷的礁岸。註定的悲劇再現。

又是黑暗的小房間。

這是近晚的小屋臥室，曾經兩人共眠的床上如今只剩小姊姊一人。被扒下洋裝的小姊姊赤裸如白羊，肌膚彷彿會發光似地滑嫩，甫發育的胸部像羞怯的花，還未迎來綻放的時節。綁縛胴體的繩子粗魯地陷入肉裡，勒出令人心疼的紅痕。

小姊姊雙手雙足被綁在床的四角，除了無用的掙扎什麼都不能作。她的頭髮好凌亂，沾汗的髮絲覆貼著額頭。

這時候的十年，人在哪裡？

有「什麼」開始逼近，是記憶中一再出現的巨大黑影。十年沒辦法從小姊姊身上移開目光，他只記得小姊姊，其他都沒有印象。

我在哪、到底在哪？一股難忍的渴望令他混亂激動。

十年看到了光——來自利刃。那刀像在打招呼似地，被主人在半空舉著，晃啊晃的，然後慢慢按上小姊姊平坦不帶一絲贅肉的肚皮。刀刃一定很冷吧，小姊姊的肌膚泛起肉眼可見的雞皮疙瘩，艱困地扭動身體，像纏在網裡的魚掙扎著。

十年看不清那人的面孔，像霧籠罩般模糊。

可是十年用力地想要看清。隨著渴望加劇，他再次頭痛。

鋒利的刀尖慢慢刺入肉裡，小姊姊尖叫。刀尖停住，血珠一粒一粒滾出，匯集成血窪。雪白的腹部被緩慢割開，綻開的紅線筆直延伸至肚臍，小姊姊眉頭與眼睛皺在一塊，因痛苦而扭曲，因痛苦而哭叫。光滑的私處流出琥珀色的尿液，晶瑩如玉。

十年想遮住耳朵好讓自己什麼都聽不見，可是手中似乎已經抓著什麼，所以不能遮住。那觸感像「某種物體」的握柄，他想揮舞那個物體，想要切開什麼。

小姊姊突然不見了，黑暗的小房間也不見了，十年被抽離出來。不，不是他被排除，是記憶消失了。

十年懷抱的衝動沒有削減，反而愈加強烈。

他嗅到腥冷的鐵鏽味，才發現身在肉屑堆成的花園，紅與黑的血汙遍地交融。未曾見過的花朵狂放地盛開，那花瓣竟是人的眼皮，還帶著睫毛。花蕊是被切開的分岔舌頭，像滑溜的粉色蟲子一再舔著空氣。花莖則是纏繞在一起的手指骨，指節處當然有血。

十年握住手裡的「某種物體」，衝動終於爆發。他砍啊揮啊刺啊割啊，在花園狂奔，在肉屑中打滾。被摧殘的人肉花不得不尖叫，花瓣盡落，眼皮一翻，原來底下還藏著瞪大的眼珠，全都慌恐地注視十年，然後一一死去。

洩慾後的快感令十年滿足地躺倒在肉泥裡，他從來沒有如此滿足，長久壓抑的重負跟著被排除掉。身體好輕、好輕，說不定能趁勢飛上天？

十年回神，脫離催眠狀態。

眼前的諮商室像被潑漆，紅得刺眼，竟是鮮血誇張地噴了滿室。十年掌心抓著的「某種物體」原來是慣用的小刀。不單是刀身，十年的手掌手腕手臂都沾了血，就連衣服也是濕淋淋的紅。

姚醫生不見了。座位無人，只剩隨著椅腳與扶手滑落的血。椅下的大片血跡像狂妄盛開的花。

十年不願意回想剛才那股衝動，不祥的想像從內部開始凍結他的身體。

玻璃窗外有藍紅交錯的光，奪去十年思考的餘裕。他快步湊到窗邊一瞧，一臺警車停在診所樓下。他倉皇抓起隨身的背包，快步衝出諮商室，從安全梯直達地下停車場。為求掩飾，他從出口離開前先倒出瓶裝水，水量當然不夠，只能優先將顯眼的血跡部分清洗掉。接著脫下血衣，無奈背包只剩風衣運動外套可供更換，褲子仍然帶血。他壓低帽舌，把沾血的頭髮全部塞進帽子底下。

十年貼在牆邊，側頭以視線餘光確認警察動向。目前只有一臺警車，要逃現在當然是最好時機。十年沒有邁步狂奔，而是裝得從容，背對警車走遠。可是他好想大叫：怎麼會怎麼會怎麼會怎麼會怎麼會怎麼會？

「我殺了……姚醫生？」

××××

今天是以豪難得的休假日，琴鍵在結束每月一次的免費特餐活動之後，他終於得以偷閒。

但他還是到琴鍵一趟，除了確認店裡運作良好，還要順便烤蛋糕。特餐活動那天姚醫生前來光顧，雖然滿座，不過以豪總會事先為她保留包廂的特別座。

因為姚醫生出資，以豪才能擁有自己的店。可惜的是活動供應的鹹派不合姚醫生口味，更準確來說，姚醫生從來不碰每月特餐。於是在活動之後，以豪會精心烤上一份蛋糕，然後帶往姚醫生的私人診所。這是多年來兩人的默契。

拎著精心包裝的蛋糕，以豪來到姚醫生的私人大樓。遠遠地，他發現一輛警車停在大樓外，經過時特別留意，從訊號略顯不良的無線電對話可以聽到關鍵字「醉漢」跟「鬧事」，根本不是什麼大不了的問題。

以豪拿出磁卡，從一樓大門進入，入口處的日光燈閃爍不斷，以豪不免想著得幫忙更換燈管了。他直上二樓，發現診所門沒關，以為姚醫生又忙得粗心，莞爾一笑，進門時順手將門帶上。

「姚醫生。」以豪呼喚，靜待回應。不過診所內死寂無聲，他再呼喚一次，終於疑惑地走入諮商室，卻驚見滿室狂亂的血跡。他扔下蛋糕，著急尋找姚醫生的蹤影，同時撥打手機，但尋遍二樓診所及其他樓層就是一無所獲。

最後以豪回到姚醫生的辦公室，頹然坐倒在椅上。他不死心繼續撥打姚醫生的電話號碼，卻是一次又一次令他絕望的未開機訊息。種種線索得出的結果，就是姚醫生遇害了。

至於兇手？除非擁有磁卡否則要進出這裡絕非易事，加上與保全公司合作，如果用破門的方式闖入會觸動警報，收到警告的保全會在短時間內趕來。所以兇手一開始就在這棟樓裡。除了十年，兇手還能是誰？

其實以豪知道姚醫生收容十年，也苦勸過。但姚醫生不聽勸，終究如他預設的最糟狀況引火焚身。

以豪深呼吸，為求抑制恨意，雙手緊抓沙發扶手，手背浮起憤怒的青筋。他的嘴唇用力抿成一線，陽光爽朗的帥哥模樣不見了。現在的以豪已然是個冷酷猙獰、只為復仇的凶人。

他的嘴唇蠕動著，在說些什麼，但什麼聲音都沒發出，只有他聽得見這無聲低語，關於以牙還牙、關於復仇……

十八、沒事的，只是同類罷了

如果要細究屍體跟被工作轟炸的職員之間的差別，或許唯一的區分僅止於呼吸的有無。

曉君兩眼發直，瞪著電腦螢幕，畫面維持在EXCEL的表格。幾秒鐘前她終於搞定所有報表，現在魂魄已經脫離地球表面，飄到某個不知名的星球去，在那個星球沒有工作不用加班不必付房租……

「曉君啊。」一個塗著厚厚粉底，假睫毛長到幾乎可以當牙籤使用的阿姨不請自來。魂遊的曉君渾然未覺，還沉浸在不必七點半起床趕著上班的幻想小確幸裡。

「我說，林曉君，在叫你啊。」阿姨用力咳了幾聲，很不客氣地拍打曉君的電腦螢幕。曉君這才回神，茫然地抬頭，還沒有從純白床單跟自然醒的美夢中完全脫離。

當曉君終於看清楚阿姨的嘴臉，差點脫口驚呼：「鬼啊！」

幸好她沒有失態。因為這阿姨是辦公室的難纏角色，集所有團隊氣氛破壞者的要素於一身，是個最應該被優先解僱卻總能推人去擋死、自己則安然無恙笑呵呵的老狐狸。

老狐狸阿姨雙手抱胸，俯視曉君，宣佈聖旨般地表示：「我跟琳芳還有淑娟要去咖啡店，你也有收到招待券吧，就是那間叫琴鍵的。你一起來。那個店長也真有心，為了拓展生意還特地來宣傳。既然人家這麼有誠意，我去捧場也好。又想到你來這麼久了，還沒一起喝過咖啡。呵呵。」

這聲呵呵笑得曉君發毛，忍不住在心裡吶喊：「鬼才要跟你們喝咖啡！」但她表面仍相當、相當客氣地陪笑婉拒：「這……今天可能不太方便。」

曉君發現額頭開始冒汗，跟這老狐狸講話不得不防，深怕一個失言被抓住話柄或惹得對方不開心。

「不方便啊？」老狐狸阿姨皮笑肉不笑，「難不成你還要去進修嗎？什麼時候這麼用功啦？是不是學那個企劃部新來的妮可啊？人家下班後還會去補英文呢。雖然是後輩，可是漂亮又勤奮，你該好好跟人家學學。」

說到妮可這個英文名時，雖然音節沒有捲舌音，老狐狸阿姨仍偏執地捲舌。

曉君順著老狐狸阿姨的介紹看往辦公室一角，新來的妮可妹妹剛從大學畢業，未脫青澀。粉色素面襯衫與染成棕色的髮色很搭，有著讓女人忌妒的好小一張瓜子臉。

她到職沒幾天就成為辦公室的寵兒，總是不缺同事的噓寒問暖跟每天一杯星巴克。

我只比妮可大一歲，也是青春洋溢好嗎？等她在這裡待滿一年，也會跟我一樣死氣沉沉啦！曉君在心裡抱怨，當然還是警覺地掛著笑。

「你真的不賞臉嗎？」老狐狸阿姨追問。剛才提到的琳芳阿姨恰好經過，還拿著一大袋團購的肉乾，她聽到對話所以跟著邀約：「一起來嘛，還是嫌棄我們？」

於是曉君面對的攻勢加猛一個檔次，但凡事只有更糟沒有最糟，閒著沒事的淑娟阿姨看兩個好姊妹都在，於是也湊了上來……

後來——

欲哭無淚的曉君千不甘萬不願地與阿姨們同行，騎車上下班的她還被迫遷就，一起擠進下班時刻人潮爆炸的捷運文湖線，忍受阿姨們不懂克制音量，無視旁人地嚼起辦公室的八卦。阿姨們還不時點名問她看法，本來想裝作不認識她們的曉君閃躲不掉，丟臉得想乾脆被車廂門夾死算了。

轉線之後好不容易擠出信義安和站，曉君與阿姨們循著地址找到琴鍵的所在。素雅的白色店面像落在巷區的一塊琴鍵，果然店如其名。店內裝潢以黑白兩色為主調，播放的鋼琴樂音量恰好，自然地融入空氣。幾桌客人或品嚐咖啡與甜點，或愜意地讀著書，有一種遠離喧囂的遺世感。

一名店員上來招呼。老狐狸阿姨展現出莫名的得意，趾高氣昂地出示招待券。店員客氣地引領眾人上樓，在包廂入座。

「真是個不錯的好地方，下次我要找老公一起來。」琳芳阿姨連連點頭。結果淑娟阿姨訝異地問：「你不是常跟你老公吵架嗎？感情變這麼好啊？」於是兩個女人又陷入八卦的迴圈。

曉君假裝什麼都聽不到，專心閱讀菜單。招待券的面額點一杯焦糖榛果拿鐵跟提拉米蘇應該綽綽有餘，另外再多點一份卡士達千層派吧？她決定要用甜食撫慰疲憊的身心。

阿姨們花了好一會才決定要點哪些飲品跟甜點，考慮的時間足以讓曉君把琴鍵的咖啡品項全都背下來。餐點由店長親自送進包廂，是個帥氣的陽光男孩。穿著黑圍裙，白襯衫的袖子捲至肘部，手臂的線條相當好，結實富有彈性。

「謝謝你們的光臨！」店長燦笑。阿姨們發出陶醉的讚嘆聲，都看得暈了，紛紛變成迷戀偶像的小女孩。

曉君倒是對焦糖榛果拿鐵更有興趣，細緻綿密的奶泡上用褐色的焦糖畫著一朵雛菊，讓曉君捨不得就口，所以暫時轉攻提拉米蘇。她才剛拿起湯匙，手臂突然被老狐狸阿姨用力頂了一下。

「別顧著吃呀，多跟人家聊聊分享經驗嘛。你看人家以豪才二十三歲就當店長，算是事業有成。哦？對吧以豪！」

「你們連名字都問出來啦？」曉君錯愕不已。

「大驚小怪，不過就是名字而已。」老狐狸阿姨轉向以豪，熱情地說：「我好喜歡這間店，你的眼光很好，以後我會介紹給朋友要他們多來捧場。」

「實在太感謝了。」店長爽朗地笑著。

「姊姊我最喜歡幫助有抱負有理想的年輕人了。」老狐狸阿姨誇耀地表示。淑娟阿姨忍不住調侃：「說這種話都不害羞，你啊遇到小鮮肉就……」

再後來的內容曉君完全聽不下去，選擇性地耳聾。這間店真的無可挑剔，可惜同行的人不對，完全破壞氣氛。以豪面對豺狼似貪婪的阿姨們倒是很有耐心，應對進退有禮得體。

不過，曉君在以豪身上發現與十年相似的氣質，不是表面上的，而是骨子裡藏著的某些「東西」。一想到十年她就有氣，那傢伙一直聯絡不上，打電話都不接。

可是氣歸氣，曉君更擔心十年的安危，張霖青命案的兇手真的是他嗎？有沒有被警察逮捕？又或著是最糟的可能——他遇害了，被傑克會的人謀殺，所以始終無法聯繫。

胡思亂想的曉君捧起咖啡杯，啜飲拿鐵。奶泡入口滑順，咖啡的滋味很棒，焦糖味更是完美得令曉君想就地轉圈圈，不小心就喝掉半杯。

「咖啡哪有像你這樣牛飲的，真是粗魯，以為是在喝啤酒嗎？」老狐狸阿姨取笑，故作優雅地拿起面前的伯爵茶，不忘翹起小指，小口小口地喝，自以為是地扮演起名流貴族。另外兩個阿姨也有樣學樣，那過份做作的模樣嚇得曉君寒毛直豎，趕緊吃塊卡士達千層派壓壓驚。

喝過茶，阿姨們越加興致勃勃。老狐狸阿姨突然化身茶類專家，跟以豪漫天胡謅茶的品種和煮法，還探討起水溫對茶澀味的影響。以豪始終面帶微笑，很有耐心地與老狐狸阿姨相談。

「你真是年輕有為，哪像我們家曉君，到現在還是個小小的會計，進公司一年了還沒加過薪，連剛進來的企劃小妹都比她還要能幹。」老狐狸阿姨掩嘴呵呵笑著，眼睛餘光嘲諷地掃過曉君。

裝沒聽到、沒聽到。曉君自顧自咬下千層派，天啊真的好好吃，很好很好……

「都不知道她在想什麼，上次還通宵趕報表浪費公司一整晚的電。別人上班時間就能做完的事，偏偏她要拖到半夜。」淑娟阿姨跟著幫腔。

還不是你把自己負責的份也丟給我的關係！悶不作聲的曉君只能在心裡怒吼，握緊叉子的指節泛白。真希望她們可以閉嘴……彷彿在回應曉君的願望，阿姨七嘴八舌的聲音像淡去的背景音，越來越小、越來越小……當曉君發現時，已經沒人說話了。

三個阿姨接連趴倒在桌面，老狐狸阿姨甚至跌下椅子，癱倒如爛泥。

「哎⁉」曉君慌張地搖晃琳芳阿姨，發現她死掉似地動也不動。曉君急忙向店長求救：「快、快叫救護車！」

店長鎮定異常，彷彿早有預料到會有這樣的情況。他的笑容是那樣無害、那樣容易博得好感。可是曉君發現店長的笑容慢慢收斂，直至面無表情，直至透出冰冷得令她發顫的恨意。店長忽然變成好幾個，曉君看見重重殘影。不單是店長，桌面的咖啡杯跟蛋糕也變得好多、好多。

她分不清旋轉的是咖啡店還是眼球。只有跟著癱倒，不省人事。

× × × × ×

潛逃的十年連夜回到舊據點，那間原屋主擁有食人癖好的公寓。

多日未曾清潔的家具蒙著一層薄灰，清楚得很礙眼。十年按捺幾近病態的潔癖，只稍微擦拭部分灰塵，才強迫自己坐下。

一反剛才的慌張，十年已經冷靜下來。催眠居然帶來意外的療效。陷進回憶的十年再次與小姊姊相遇，彌補多年對她的思念。他真的好想念小姊姊，一度奢望就這麼困在催眠狀態裡，永遠待在有小姊姊相伴的回憶直至死去。

這是除了殺掉傑克會之外，十年罕見地產生「渴望」這種情感。

這彌補了部分的十年，讓他得以在極有可能是兇手的前提下恢復鎮定。儘管只是暫時的：犯下不可饒恕罪行的罪惡感藏在暗處，伺機取代目前的平靜，十年隨時有可能被吞噬。他壓抑，因為還不是時候，不能現在就被擊潰。

終於冷靜下來的十年開始整理頭緒。沒有見到姚醫生的屍體，可能是負傷的她拼死逃出，可是以現場誇張的血量來說，就算姚醫生當下進行急救，存活率也不會提高。幾乎能夠判定姚醫生死了。

十年懊悔地嘆息。

至於兇手，十年在診所暫住的幾天除去姚醫生跟大衛杜夫，再無他人進出。若真有歹徒闖入，應該要連十年一起滅口。所以嫌犯只剩他和大衛杜夫。十年不認為大衛杜夫會採取這樣的行動，這與他一貫的方針相違背。大衛杜夫更喜歡當一個置身事外的觀眾，把檯面上所有人當成戲子。

從頭到尾，嫌疑最大的一直都是十年。

「我為什麼要殺姚醫生？」十年自問，動機跟外太空的氧氣一樣不存在。

姚醫生對十年伸出援手，嘗試拯救他。雖然姚醫生偶爾的肢體碰觸會讓他想起院長，引起無法抑制的激烈反胃，可是姚醫生跟育幼院無關，她更不是院長。或許這種對於肢體接觸的抗拒，種下十年潛意識對姚醫生的殺意？不，這個說法漏洞太多。是催眠造成他失控，引導出潛藏的衝動？在催眠之中他感覺到的確在攻擊著什麼，那實在過於真實。會不會當時砍散的人肉花根本就是姚醫生？

十年第一次意識到，他竟是這樣不安定而危險的存在。或許從下定決心要剷除傑克會的那刻開始，內在就扭曲了吧。會不會有一天他也變成傑克會的同類？與怪物戰鬥的人，應當小心自己不要成為怪物……

「如果我真的是成員？」十年按著右胸，可以感覺到突起的肉疤。

為什麼付出這麼大的代價，卻還換不回那天的完整記憶？目睹小姊姊慘死的經過太詳細了，十年不得不懷疑是他親自虐殺小姊姊。現在，連姚醫生都被他殺害。

如果真是十年殘殺小姊姊與姚醫生，那麼他會選擇自盡償命——在殺光台灣的傑克會成員之後。

突然響起的手機打斷他的思緒，來電號碼是曉君。十年短暫注視發光的螢幕，像在考慮該不該接。

最後，他按下接聽鍵。

「十年。」說話的不是預期的曉君。

卻是以豪。

十九、每月的活動日，特餐一律免費供應

琴鍵，後場廚房。

與店面鋼琴鍵般的裝潢風格不同，廚房整體走著銀灰色調。料理桌、流理台還有層架，全是選用不鏽鋼材質。專業用的烤箱跟雙門冰箱亦是如此。

待在廚房一角的以豪正在磨刀。每當刀鋒滑過磨刀器時，就會劃出令人牙酸的金屬顫鳴聲。如此反覆幾次，他仰頭端詳燈光下的刀鋒，光滑得像面鏡子，倒影清楚可見。這是事前準備。

兩名留下善後的員工完成最後的清潔工作，清洗好的杯盤都歸回定位，仔細擦拭過的料理臺連水漬都看不見。他們手拎著脫下的圍裙，靜等以豪的指示。

「你們先下班。」以豪吩咐。

他拉開冰箱旁的靠牆鐵架，原來鐵架後方藏著一道暗門。暗門之後是兩坪大的清洗間，設有排水孔以及連接水龍頭的橡膠水管。雖然極淺，但綠色磁磚沾附著洗刷不掉的淡褐色汙垢。

清洗間靠牆的一側是類似公共澡堂的浴池，但用途絕對不是洗澡。三個昏迷如死豬的中年女人亂七八糟倒臥在浴池裡。

「免費特餐不是才剛結束嗎？怎麼又有新食材了？」綁著俐落馬尾的女員工探頭進來，倒是沒有質疑這三個中年婦女是哪來的、又怎麼會出現在這？

「這是另外招待的。聽話，已經晚了，先回去休息。」

馬尾女員工乖巧點頭，走之前又問：「另一個女的呢？要不要補打一針，搞不好會突然醒來。」

「不要緊，醒來正好。」以豪揀選貨物般挑了其中一人，那比廁所芳香劑更惱人的濃重香水味令他掩鼻。

不公平。

這樣醜陋的人為什麼能夠繼續活著？這種毫無品味可言的俗物就算死上一億個、一兆個也抵不過一個姚醫生。真正該死的明明就是這種人才對，為什麼偏偏是他的姚醫生……

懷著憤恨的以豪握刀，精準割開選中婦女的喉嚨。

就像殺豬，得先放血。

××××

曉君昏昏沉沉地睜開眼，宿醉似地頭痛欲裂。

因為昏迷而生鏽的腦袋停擺著無法運轉，曉君發出難受的呻吟。隨著意識回復，慢慢地，視野一點一點變得清晰，吊燈下的她像被聚光燈打中的主角，是陰暗的咖啡店中的矚目焦點。

我還在琴鍵？曉君納悶。她打算站起來，卻發現身體無法動彈，雙手雙腳都被麻繩綁在椅子上。

又被綁架了？曉君又驚又惱。為什麼這麼倒楣？

一股濃郁的香味逐漸瀰漫店內，一時間曉君以為身在麵包店。實在太香了，她無法克制地分泌唾液。但自身安危要緊，所以用力扯動手臂，試著讓纏緊的繩索變鬆。

香味越來越濃重。店長鬼魅般端著托盤無聲走近。盤上，放了一杯透明玻璃杯裝的奶茶，還有一塊散發熱氣的鹹派。

曉君的視線不安地隨著店長移動，直到對方在桌子對面坐定。她突然明白，為什麼覺得以豪跟十年有些類似，因為兩人表面看來都很正常，甚至是容易讓人心生好感的類型，偏偏行事作風與一般人不同。

以豪這副自在的態度，說明他對於綁架這種犯罪行為完全不放在心上，就好比十年追殺傑克會，不將殺人當作罪大惡極的壞事。

以豪拿刀叉切開鹹派，白色的熱氣飄散，迸出的香味截然不同，層次越加豐富，因為內餡的肉醬摻進了迷迭香跟羅勒。他將一塊分切好的鹹派盛盤，推到曉君面前。

「在這裡，每個月都有一次免費特餐的活動。提供的就是這種鹹派。」

曉君不明白這用意，是要她吃嗎？以豪擺明要對她不利，而且企圖未明，傻了才乖乖照吃。不過，這或許是個好機會。「先幫我鬆綁，不然我沒辦法試吃。」

「我餵你。」

若這是情侶之間的對話，那真是說不出的甜蜜。但現在雙方的角色分別是綁匪與人質，曉君除了毛骨悚然，還是毛骨悚然。

以豪伸出叉子，細心地挖出內餡。曉君親眼見到半截手指從派裡被挖出，那戒指好眼熟……腦海突然閃過那總愛挖苦人的老狐狸阿姨。

「也沒什麼啦，就剛好結婚紀念日啊。所以我老公啊，你們看，這就是他送我的鑽戒。不會很貴啦，還好啦。呵呵。」上個禮拜，老狐狸阿姨在開會前當眾炫耀，所以曉君還有印象。

嚇傻的曉君提問：「你、你把她做成派了？」

以豪戳下叉子，刺起那半截手指湊到曉君嘴邊。曉君嚇得抿緊嘴巴，抗拒地扭頭。這個店長原來是瘋的！

「客人很喜歡人肉鹹派，上桌後全都狼吞虎嚥吃著，好像從來沒吃過這麼美味的食物。可是我明白，是因為免費的加分作用。餡裡什麼部位都有，但肛門附近的肉必加，因為客人都說口感好，還有特別的苦味。噁心嗎？那很合理，噁心的人就吃噁心的食物，他們要貪就貪個夠，連屎都不放過。我很喜歡那副景象，像牲畜在爭食。

「但是我從不讓他們看見手指，這是特別為你準備的。是跟我聊茶溫的那一位小姐，我很遺憾沒有等她的藥效退了才殺掉，真的很遺憾。死得太輕鬆了。」以豪的語調很輕，像惡魔在耳邊低語。

曉君以為坐在面前的根本是披著人皮的怪物。好猙獰好可怕。

「這是我第一次殺人，過去都是用現成的屍體做派。」以豪定定地瞪著曉君，「為了姚醫生，我什麼都願意。」

什麼姚醫生？他是誰？曉君搞不清楚狀況，只知道自己處境非常、非常危險。逃得掉嗎？有沒有機會報警？但手機不在口袋，如果尖叫求救呢？會不會直接促使以豪對自己下殺手？

突然，以豪展露笑顏，像川劇變臉般令曉君措手不及。

「如果你不喜歡鹹派，那來點喝的。」以豪微笑著將奶茶推到曉君面前。曉君警戒地盯著奶茶，彷彿裡面藏有炸彈。沉底的粉圓與常見的不同，比較大顆，還是白色的。不過那種色澤卻非純白，還摻著奇怪的雜質。

以豪拿叉子攪動奶茶，隨後刺入杯底，插起一顆粉圓。被戳破的粉圓漏出透明的濁液。

曉君終於看清楚白色粉圓的真面目。

是人的眼球。

隨著以豪站起，曉君知道大事不妙，卻逃無可逃，奮力掙扎的結果是連人帶椅摔倒，著地的右臂疼得發麻。

以豪蹲下，手如鉗子冷酷地扳開曉君的嘴，將滴著奶茶的眼球硬塞進她的嘴裡。冰涼滑溜的眼珠像冷藏過的荔枝，帶著一股奇怪的腥味。曉君艱難地用舌頭抵住，不讓眼珠滑進喉嚨。不料以豪另一手捏住她的鼻子，缺氧的曉君終究被迫用口呼吸。

這一吸氣，眼珠溜進食道，直通胃袋。噁心的冰涼感久久不散，眼球被戳破而滲出的組織液還殘留在口腔。

當以豪鬆手，曉君立刻發瘋般狂嘔，痛苦的眼淚流了滿臉，卻只吐出早些時候喝下的焦糖榛果拿鐵。固體狀的蛋糕跟眼球固執地待在胃袋不肯露面。

嘔吐的曉君滿臉漲得通紅。不過以豪沒有停止折磨她，繼續叉起那戴著鑽戒的斷指。切面還能看到碎裂的指骨。

曉君瞪大眼，倒抽一股涼氣。被綁在椅子的她只能像條無助的蟲蠕動。

以豪再次扳開她的嘴，沾滿油脂的鑽戒越來越近。

××××

無車的夜深街頭，一點橘色殘火。

大衛杜夫叼著菸。在蠶絲似的煙霧裡，他看著對街的人影接近，慢慢將煙從鼻腔洩出。

大衛杜夫笑彎了眼，魚尾紋深如烏鴉腳印。

「你來了。」

二十、如果如果，會不會不一樣

十年最初的預感沒錯，他果然再度拜訪琴鍵，意料之外的卻是這樣頻繁，已是第三次了。

依然是窗簾拉下無法窺視其中的狀態，就像驚喜箱，不打開無法知道藏著什麼。十年推門進入，昏暗的店裡與上次來訪時的景象相似，只有一盞燈光。但在吊燈之下，面如死灰的曉君被綁在椅子上，頭髮凌亂得像雜草，嘴邊還沾著肉醬的碎屑。

「十年！」發現他到來的曉君哭喊。

至於一手促成這些的以豪就在桌邊，手裡端著盛派的盤子。盤中的派份量少了一半，剩下另一半在曉君的肚子。

他將盤子舉向十年：「來得不算晚，吃嗎？還新鮮。」

「不能、不能吃……那是人肉。」啜泣的曉君忍不住作嘔。

「噓。」以豪豎起食指湊在唇前，示意曉君噤聲。隨手將盤子扔往十年，落空的盤子摔得粉碎，鹹派的碎塊四散。幾根手指頭滾出，塗著大紅色的指甲特別顯眼。

以豪命令：「吃乾淨。」

十年冷回：「不。髒死了。」

以豪拿起桌面的核桃夾，扣住曉君的手指。「十根手指，二十八個指節。你可以拒絕二十八次，直到這女的手指全部被夾斷。」曉君嚇得想抽手，但手腕被牢牢按住。以豪威脅：「不要亂動，不然我就直接夾了。」

「姚醫生的事我很抱歉。」十年試圖緩和以豪的情緒，即使他不願意相信是自己造成姚醫生的死，但還有誰會是兇手？不單如此，或許、或許還有小姊姊的一條命。「不管怎麼樣，我會償命。等我跟傑克會了斷之後，我任你處置。」

以豪忽然發笑，彷彿十年在說著什麼天大的笑話。「你怎麼以為有跟我談判的立場？你殺了姚醫生，我當然要殺了你。要怎麼處置本來就憑我高興，你的命是我的。我會奪取，然後用最痛苦的方式殺了你。現在，把地上的鹹派撿起來，吃掉。」

溝通無效。十年質疑：「你綁架她只為了讓我吃這東西？」

「當然不是。這只是開始。我要當著你的面折磨她，直到我滿意才殺了她。不管你當初怎麼對待姚醫生的，現在我要讓這女的生不如死。」以豪慢慢扣緊核桃夾，曉君害怕地嗚咽。

十年慢慢蹲下，拾起碎裂的盤面。以豪得逞地盯著，卻見十年忽然把碎盤子扔來。以豪閃避，十年抓緊空隙箭步衝前，掀翻桌子。以豪被迫護頭，尖叫的曉君連人帶椅倒地。

反握小刀的十年試圖以刀柄擊打以豪的肋骨。可是以豪迴避得很快，還反手從身後抽出錐子，反射寒光的金屬尖刺可以輕易貫穿血肉。

十年不得不保持距離與之對峙。兩人緊鎖著對方，專注防備任何的舉動。十年改將刀鋒對準以豪，沒有反握的餘裕了。對方危險又難纏，十年沒有把握能夠全身而退。但以豪是小姊姊的親生弟弟，十年又怎麼能夠下重手？只能盡量牽制以豪，爭取機會讓無辜牽扯進來的曉君逃掉。

幸好曉君倒也機警，拼命搆住鄰近的盤子碎片，用鋒利處摩擦繩索，但一時半刻絕對無法割開。這代表十年必須拖時間，或至少讓以豪短暫喪失行動能力，非常棘手。從踏進琴鍵開始十年就別無選擇，被迫要與以豪糾纏、周旋。

以豪迅速刺出錐子，架式猶如擊劍。十年驚險退後，險些被刺中。以豪綻出獰笑，似乎看穿十年的破綻，接連刺出尖錐。十年一退再退，錯失將曉君護在身後的位置。瞬間，十年知道事情不妙。

果然以豪再一次佯攻逼退十年，隨後一把抓住曉君的頭髮，無視將整片頭皮扯下的可能，他粗暴地把痛叫的曉君整個人從地上拉起。曉君感覺到冰冷的錐尖抵著頸動脈，每一次血管的脈動都會引來被錐尖按住的陣陣刺痛。

「救我……」曉君無助地求救，顫抖的嘴唇發白如紙。只要以豪稍一用力，冰錐就能刺進肉裡，也許還會刺穿頸動脈。

十年一時無能為力。忽然，太陽穴一陣前所未有的劇痛，彷彿以豪的錐子是刺進他的腦袋而非挾持曉君。這痛楚甚至遠勝張霖青的子女所引起的回憶劇痛。

十年像要擺脫這份痛苦似地用力甩頭，眼前景象時而清晰時而模糊，竟然與短暫棲身過的小破屋重疊。

他人在哪？咖啡店或是黑暗的小房間？好暗……十年看見小姊姊，被挾持的她無助地哭泣，影子與曉君重疊在一起。

「救我……」小姊姊求救。

那天在黑暗的小房間，小姊姊也是這樣向他求救。

十年抱頭跪地，痛苦地吼叫。以豪的笑聲充斥耳邊，恰如真正幕後黑手的狂笑迴盪不去。巨大的陰影逼近，十年還無法撿起脫手的小刀。現實中卻是以豪扔下曉君，步步逼近過來。

可是小姊姊沒有被扔下，她被押上床。曾經十年與小姊姊在那床共枕，聊上整晚不願睡去。最後那竟成了她的刑場，被活活開膛後斷氣。

漫流的鮮血取代回憶，連帶覆蓋十年的記憶。不要這樣看我、不要看我……十年好想這樣大喊。哭叫的小姊姊對他投以求救的眼神，清楚得連淚水的形狀都好鮮明。可是小姊姊後來再也睜不開眼睛，從此沒睜開過。

十年在哪裡？那時候的他在黑暗小房間的什麼位置？在哪裡？在哪裡？他殺了小姊姊？他也是傑克會的人？

在哪裡？在哪裡？

以豪相距十年不過一個手臂的距離，他一腳踹倒因為劇痛而呻吟的十年，俯視他狼狽的模樣。「姚醫生提醒過，你的記憶不完整，精神狀態也很混亂。她說的沒錯，她一直都是對的。」

以豪撫著錐子，透出強烈的殺意。「你這個無可救藥的瘋子竟然殺了她！」

以豪大吼，像要直接鑿穿地心般刺落錐子。可是他沒有如願貫穿十年，因為十年在最後一刻避開，飛快抓住小刀予以反擊，劃傷以豪的脛骨。單膝跪倒的以豪不解地望向十年，不明白為什麼精神狀態瀕臨崩潰的他還能反擊？

垂首的十年慢慢抬起頭，瀏海下一雙似狼的銳眼。此時此刻，他終於取回空白的記憶。

「你不是她的弟弟。」十年斷言：「我也不是傑克會的人。這是局，你知情。」

他的影子在黑暗中彷彿膨大數倍，氣勢瞬間壓倒一心為姚醫生復仇的以豪。

十年的怒火無聲地燃燒，恨意平靜似水，卻如深海般不見底。

十年不要命地撲向以豪，一手牽制以豪握著錐子的那手手肘，令他無從施力，右手則舉刀直刺以豪頭顱。以豪奮力抵著十年的握刀手，但逼近的刀尖佔據所有視野，幾乎刺進眼睛。

情勢危急的以豪猛然使勁，撞開十年，被壓制的右手趁隙脫出，錐子刺進十年的大腿，立刻血流如注。他又抓住十年持刀的手，一再撞地，終於逼得小刀脫手。

十年強忍大腿劇痛，灌注恨意的右拳撞開以豪阻擋的手臂，擊中下巴，令以豪意識一陣短暫空白。空白之間，十年揮拳又揮拳，破皮的指節血跡點點。但以豪也是個不會單方面挨打的狠角色，失去姚醫生的悲痛令他不顧傷勢與十年扭打。

目睹這幕的曉君完完全全嚇傻，在她面前彷彿是兩隻毫無理智的凶獸在搏鬥，只為取走對方性命。她連制止的勇氣都沒有，不，不如說無論是誰看見這樣的景象，都會因為震撼而發不出一點聲音。

可是看著看著，曉君突然想哭，不是因為害怕而哭。互相攻擊的兩人看起來好哀傷，他們都失去最重要的人，所以不顧一切地互相傷害。渴望消滅的對象卻不是揮拳相向的對方，更像是對著註定不幸的命運洩忿。

混亂之中以豪奪到小刀，捅向十年，十年抓住他的手臂抵抗。兩人彷彿纏咬的蛇。最後以豪發出低呼，小刀竟是沒入他的腹部，鮮血眨眼間沁濕了白襯衫。退開的十年滾到一邊，雙手還沾著溫熱的血。

以豪摀著傷處，如瀕死的野獸發出最後的哀鳴。「把姚醫生還給我、還給我……」哭泣的他像孩子一樣無助。

十年無語起身，扔下以豪不管，一拐一拐地走向曉君，默默解開繩索。十年不願意多說話，曉君識相地閉嘴。這期間以豪的哭聲不止，令曉君揪心不已，差點要去安慰他。

曉君小心地攙扶十年離開。走至門前的時候，十年突然停下，他的聲音發顫：「那誰來把她還給我？」

曉君看見了，十年的眼裡有淚。

離開琴鍵，大腿負傷的十年行走艱難，不得不扶著電線杆休息。曉君乾脆就地坐下，被綁了一整晚，雙腳還沒完全恢復知覺。十年背靠著電線杆，慢慢坐倒。

「你的傷要不要緊？」曉君問，話才脫口就驚覺這問題真是白痴。

十年像在跟空氣對話般，無視了曉君的問題。「我沒有救她。」

曉君小心翼翼地問：「誰？」

十年搖頭，懊悔地不斷搖頭。「她哭著向我求救，可是我太害怕，覺得自己太幼小什麼都不能作……我親眼看著她被殺……如果我反抗，結果會不會不一樣？小姊姊是不是不用死？」

水珠落在乾燥的柏油路面，變成明顯的黑點。十年的哭聲哽在喉頭，很小很小，幾乎聽不見。

沉默之後，曉君輕輕揹了十年的手臂。

「可是，你救了我啊。」

××××

閉目不起的以豪躺倒在地，按著傷口的手掌一片濕紅。吊燈的光聚焦在他身上，可惜他並非謝幕的主角，只是個悲劇演員。

有人進來了。走過散落的人肉派、碎開的盤子、斷繩、掀倒的桌子……最後停在以豪身邊。那人輕盈地跪下，手撫過以豪蒼白的臉頰——來的，竟然是應該死去的姚醫生。

姚醫生的身後是同行的大衛杜夫，他毫不客氣地在禁煙的店裡點煙，只抽了一口就夾在指間任憑燃燒。「你的計算有誤。」

「是我錯估了，以豪的瘋狂遠勝想像。」姚醫生憐惜地撥順以豪凌亂的瀏海，以豪的眼角邊留有未乾的淚痕。她沒料到，以豪竟然因為她的假死失去理智，更不惜自毀。

大衛杜夫藏不住雀躍地彈響手指，響亮如鞭炮。「還有十年。他比我們以為的更加堅強，不愧是我看中的投資！你設計的圈套非常有趣，這點毋庸置疑，當初我聽到時也興奮不已。你抓著十年部分失憶這點不放，在他右胸刻下傑克會的記號，還讓以豪假扮弟弟。他是真的疑惑了，然後找上你作催眠治療，一步一步踩進你設好的陷阱裡。」

還有那杯茶……姚醫生心想，帶著微笑面對大衛杜夫。

大衛杜夫發出讚嘆的嘖嘖聲。「你真是詭計多端的女人。假死費了你不少功夫吧？」

「收購商能提供屍體讓以豪料理，提供鮮血讓我扮死不過小事。」姚醫生說得輕描淡寫。

「最妙的是你估算好警察到達的時間，事先報警，好讓十年無法確認你到底是死是活。可是兜了這麼大一圈，十年反而更完整了。」大衛杜夫讚賞地說。

「這樣不是很好嗎？你喜歡驚喜。」姚醫生挨著以豪的身子慢慢躺臥，十指交扣地握住他的手，感受最後的體溫。

「沒錯，我依然期待著。時間留給你們，不打擾了。」大衛杜夫叼起煙，散步似地走遠。

聽不見大衛杜夫的腳步聲後，姚醫生將唇湊近以豪耳邊，如戀人絮語輕聲說著：「傻瓜。你太衝動了，這跟當初教你的不一樣。我的假死同時是想為你上課，讓你學會在失去我的同時還是能保持理性，完成交代的任務。可惜，你太傻。」

姚醫生挪動以豪的手臂當枕，凝視那睡著般的側臉。她很平靜，既不哀痛也不憤怒，就像看著太陽東昇西落，今夜不過只是一個人死去。但是，以豪又一次超乎了計算。

像在回應姚醫生的低語，以豪的指尖突然顫動。

二十一、指向同一件事的正確解答

以豪與大衛杜夫會面的三日前。姚醫生的私人住宅。

這間豪宅並非十年借住的華廈，而是姚醫生的其他房產之一，坐落淡水，擁有能夠看見落日沉入海平線的絕佳景觀。

與診所的裝潢考量不同，不必顧慮顧客的喜好，全憑姚醫生的意思打造。整面的落地窗可以望盡淡水河景，客廳擺著麻織沙發，頂上懸著幾盞藤編吊燈。

靠牆的數組書架全放滿書，各種類型跟語言都有，因為她涉獵的範圍極廣，無所不包。至於放不下的書就成疊堆在短絨毛地毯上，儼然是座書城。但另一邊的牆面上突兀地掛著人首的展示物，是張沉睡似的人臉。

已是深夜，未眠的姚醫生穿著單薄的絲質睡袍，蜷腿側躺在沙發上，露出半邊肩頭與鎖骨。她指尖輕翻書頁，視線在字句間游移。

捧著托盤的以豪在沙發邊坐下。絨毛地毯坐起來很舒適，毋須多餘座墊。他端來的托盤裡放著一碟鹽漬橄欖、切塊的帕馬森乾酪與燻鮭魚沙拉。另外還有透明高腳杯與紅酒。

以豪取出軟木塞，順著杯緣注入紅酒。擱下書的姚醫生盤腿坐起，接過紅酒，湊在鼻前嗅了嗅，啜了一口，滿意地點頭：「Haut-Brion。」

「一九八二年的。」以豪背靠著沙發，頭慢慢往後仰，直到倚靠至姚醫生盤起的腿間，於是視野裡有了她顛倒但依然美麗的容顏。

姚醫生對於以豪撒嬌的舉動很是熟悉，指尖從書頁轉移，改為搔著他的下巴。以豪慢慢閉上眼，很是享受這種被寵溺的感覺，姚醫生卻突然停止動作。

「有件事需要你去辦。」姚醫生說。以豪眨眨眼，表示他在聽。「我要你假扮一個人，然後演一場戲。也許會有危險。」

「我的命早就是你的了。」以豪像個忠誠的騎士，「要扮演什麼角色？」

姚醫生輕捏以豪的臉蛋。「你得扮演一個要為姊姊復仇的弟弟，因為你的姊姊被殘忍地殺了。經過這麼多年，你成為咖啡店的店長，恰好某天發現那個兇手造訪你的店。於是你單獨約他出來，要他認罪。」

以豪突然沉默，別開頭看向落地窗。夜晚的淡水河沿岸有城市的光，河面的光點被波紋和夜風暈開。

「你猜到是誰了？」姚醫生問。

以豪還是不看姚醫生。「你找到他了。」

「剛好有情報商牽線。你聽過一句話嗎？世間所有的相遇都是久別重逢。可惜，他沒認出我。」姚醫生捲著以豪的頭髮。果然如她所料，以豪很不是滋味，而她壞心地直接點破：「你在吃醋。」

「我以為我會是最特別的那一個，因為你選中我。」以豪說完抿著嘴，似乎拒絕再談論這件事。

「你永遠無可取代。」姚醫生溫柔地扳回以豪的臉，讓視線得以相接。「你就當我是那個被殺的姊姊，這樣情緒才到位。我們兩個就像姐弟，不是嗎？」

「我不能想像你死，辦不到。」以豪握住她的手，「而我也一直都不是把你當成姊姊。」

姚醫生含了口紅酒在嘴裡，湊近以豪。以豪抬起頭，迎上她，嘴唇碰在一塊後貼緊，酸澀的酒液滑過交纏的舌尖，反芻出甜味。直至缺氧兩人的唇才脫離彼此。

姚醫生褪下睡袍，貓一般地爬下沙發，佇立在以豪面前。褪去睡袍後的她展現出赤裸的胴體。長髮順著肩膀垂落胸前，遮住形如水滴的堅挺突起。此刻的她簡直像古希臘的女神塑像，聖潔得不可直視。

她跪下，如要祈禱的聖女。

以豪無法自制地凝視她，直到忍不住嘆息。姚醫生是他的信仰、他的全部、他的宇宙，直到死去、直到魂魄消亡都不會改變。

姚醫生慢慢貼近以豪，然後跨坐在他身上。

以豪感覺到那輕盈的重量，雙手被姚醫生托起，按上她柔軟的乳房。以豪發現手在顫抖，而顫抖的掌心裡有姚醫生的心跳。

接著他的眼被矇住。姚醫生的指尖恣意地滑過每一吋肌膚……

××××

時間拉回到現在，十年離開琴鍵之後。

負傷的他暫時隨著曉君回到租屋處。當曉君掏出鑰匙打開門的那一瞬間，十年整個人傻住。

曉君踢開玄關散落的鞋子清出路，卻發現十年呆站門外，不解地詢問：「怎麼了？」

只見十年臉色越來越沉，讓曉君跟著慌張：「哪邊不對勁嗎？是不是有傑克會的人埋伏？」

「好亂。」十年痛苦地發表感想，面前的房間像被成群野牛踐踏過，慘不忍睹。

曉君頓時羞紅臉，「我、我也不是故意的啊，每天都加班，回來很晚了沒時間整理，好不容易的週末又只想睡……等等，不要幫我收拾啦！」

她趕緊勸阻，因為十年不顧腿傷，蹲下來開始將亂丟的鞋子排列整齊。曉君完全無法阻止固執的十年，連攔都攔不住。

十年翻出掃把，依序從玄關開始清理，將飲料空瓶還有用過的塑膠袋集中，紙屑等等全都掃在一塊，倒入半滿的垃圾桶。桌面的發票、零錢跟文具統一收好，還揀出過期的發票扔進垃圾桶裡。

瓶瓶罐罐的化妝品則依照用途分類陳列。曉君這才知道，棉被居然可以折成方塊般的立方體，床單可以拉得如此平整。

因為過於驚奇，讓曉君在十年對衣櫃出手時都忘了阻止，任憑他將所有衣服都安放定位，連內衣都不例外。當然，十年陷入將一切都打理整齊的執念，根本不在意那是內衣或什麼來著，比入定的老僧更可怕。

看傻的曉君只能呆愣，這種整理速度跟成果令她咋舌，不禁猜測：「十年該不會是來自未來的打掃機器人吧？」

幸好十年還會跟人類一樣流血，否則曉君就要以為這推測成真。因為執拗整理的緣故，十年腿部的傷口再度滲血，只得以毛巾壓住傷口，慶幸的是未傷及動脈，一段時間後就能順利止血。

「暫停！暫停！先這樣就好，別再整理了。先喝點冰的……」曉君從冰箱拿出可樂，不料十年看到亂七八糟的冰箱時，眼神裡又閃爍著不把它整理乾淨不肯罷休的執念。

這逼使曉君不得不按住他的雙肩，費盡力氣要他好好坐下。「我等等一定會整理，我發誓。拜託你先好好休息，你看，傷口又出血了啦！天啊，你的潔癖真的很嚴重。」

曉君拉開鋁罐拉環，無奈地飲下冰透的可樂。也許是錯覺，嘴裡還殘留著奇怪的味道。她環顧四周，不免懷疑這裡真是原本的房間嗎？簡直像參加日本綜藝節目的《全能住宅改造王》，完全煥然一新。

「等血止住我就會離開。」十年不免俗地用酒精擦拭過可樂罐口，然後又用清水沖洗。「窩藏犯人是犯法的。」

「如果警察找上門，我什麼都說不知道就好啦。」曉君說得輕鬆，但十年射來「你在說什麼傻話？」的責備目光，讓曉君只能認真澄清：「我當然知道沒這麼輕鬆。可是我都牽扯進來了，想要脫身也沒這麼容易吧？反正你都來了，暫時待著吧，等傷好再說。」

話雖然這麼說，但曉君還真不知道後續該怎麼辦才好？邀她去咖啡店的老狐狸阿姨被做成人肉派了，另外兩個阿姨大概也難以倖免。她知道事發經過，知道以豪是兇手，如果報警會不會連累到十年？這是謀殺而非意外，曉君心裡真的沒底。果然只有更糟沒有最糟，為什麼一個單純不起眼的小資女會遇上這麼多光怪陸離的事？是水星逆行還是犯太歲？

「你在自找麻煩。」

「不是我自誇，台南人最重感情了。當你是朋友，當然要幫點忙。雖然才見過幾次，不過你是我少數的熟人。別用那種表情看我，我只是沒什麼朋友的邊緣人。先聲明，不是因為個性差，是因為光上班就沒力氣了，根本沒時間好好經營人際關係。」

寡言的十年是個好聽眾，於是曉君開啟了回憶的開關：「高中畢業後我考上台北的大學，只能東西收一收，開始學著一個人生活。家裡沒錢，所以都在打工，什麼宿營跟系學會的都沒機會參加。其實我家啊，只剩我爸跟我了。本來還有一個弟弟，出了一點小意外所以……後來媽深受打擊，很難過，變得有點偏執，精神狀況也不穩定，看了醫生，吃好多藥。

「我一直很擔心媽，很注意她的狀況。我還記得那天是在學校，老師突然叫我跟他去辦公室。後來才說我媽……嗯……她當時是要去弟弟出事的地點，可能太激動了，沒注意看車。從那之後我就跟爸相依為命。不是自誇，我一直滿倒楣的。」

曉君吸鼻，默默低下頭。她用手背抹臉，「對不起，突然跟你說了這些，很奇怪吧？你的遭遇一定比我還痛苦……我不是要比慘，可是真的好不甘心，也不想輸。我覺得只要撐著，總有一天這些厄運都會過去。」

「會的。」十年貼心地遞了衛生紙。

曉君接過，沒有擦去眼淚。她抬頭，露出倔強的笑，「不管再來你打算要幹什麼，都要平安無事哦。」

十年正要接話，但總是保持警覺的他發現外頭正在接近的腳步聲。緊接著，有人敲門。

曉君驚得望向門口。十年不動聲色，藏在桌下的手握住小刀。曉君跟他交換眼神，躡手躡腳地走到門前，悄悄透過貓眼窺視。門外，是個穿著西裝、梳著經典油頭的男人。

似乎發現門後有人，男人揮揮手。

曉君返回房間，低聲告知十年：「是個男的，穿西裝，有點像公司的大老闆。」

這番描述讓十年知道必是大衛杜夫，但他怎麼找上這裡？是被跟蹤或是預先查明曉君的地址？「我去應門，你待著。」

「真的沒關係嗎？」曉君用氣音擔心地問。

十年肯定地點頭。如果大衛杜夫真要置他於不利、甚至有心想弄死他，十年自知是完全沒有抵抗的餘地。因為大衛杜夫背後有各種盤根錯節的勢力，連十年都摸不透。若大衛杜夫有心要為難，區區一扇門是擋也擋不住。

幸好，大衛杜夫某種程度上跟收購商很相似，大抵還算中立。

因此十年可以放心地開門。大衛杜夫發現戰戰兢兢的曉君，不禁感嘆：「啊，你也到了跟女生同居的年紀了？」

「什麼？我們才沒有……」曉君著急反駁。

大衛杜夫舉起手，抓著不存在的紳士帽向十年示意：「這當然是玩笑話。我來這裡，是好奇你的狀況。你知道的，總是要適時關心自己的投資。嗯，果然受傷了。」

十年立刻明白，這代表大衛杜夫知道琴鍵跟以豪的事。「不礙事。休養幾天就好。雖然整理過還是很亂，但要進來坐嗎？」

「不必。」大衛杜夫定定看著十年，帶有一絲驕傲，「你不一樣了。我感覺得出來。」

兩人合作的默契讓十年察覺大衛杜夫另有用意，或許正好指向同一件事。那是大衛杜夫來此的目的，也是十年必須解開的謎底。

「請幫我調查一個人。」

「哦？」大衛杜夫揚起一邊嘴角，藏不住期待。

「姚醫生。」十年提出他的答案。

突如其來地，大衛杜夫仰頭大笑，宏亮的笑聲傳遍屋外走廊，讓曉君不禁擔心鄰居會抗議。但就像突然開始的笑聲，大衛杜夫同樣突然停止大笑。

「很好、非常好，你給出完美的解答，這才是我上門拜訪的真正用意。」大衛杜夫的手探進口袋，掏出一個黑色隨身碟。

「這是你要的東西。」

大衛杜夫離開後，十年跟曉君坐在電腦前。

「這個隨身碟沒有病毒吧？」曉君擔心地問。

「難講。」十年直接將隨身碟插入主機，曉君想阻止也來不及了。跳出的資料夾只有一個音訊檔。十年借來耳機，塞入耳朵後點選播放。原來是錄音檔案，雖然背景的沙沙雜音有點吵，但可以清楚聽見說話聲。

「是我錯估了，以豪的瘋狂遠勝想像……」首先是姚醫生的聲音。

接著說話的是大衛杜夫：「你抓著十年部分失憶這點不放，在他右胸刻下傑克會的記號，還讓以豪假扮弟弟……假死費了你不少功夫吧？」

然後又是姚醫生：「收購商能提供屍體讓以豪料理，提供鮮血讓我扮死不過小事……」

十年將錄音檔倒帶。「你設計的圈套非常有趣……」

再次倒帶。

「你設計的圈套非常有趣……」「在他右胸刻下傑克會的記號，還讓以豪假扮弟弟……」

再次倒帶。

麟這個字原本不是為她命名的，而是為家中難產夭折的三子，那與可麟無緣的兄長。為了紀念喪子，接著出生的她繼承麟字。可麟，取可視作麟的含意。另外兩個哥哥早出生好幾年，大哥承襲醫生世家的傳統進入醫界，至於別具野心的二哥承接雙親的人脈，還有位居政界要職的外公幫忙，年紀輕輕就參選立委。

在兩個兄長各自取得成就之後，加上父親老邁，不再有多餘心力可以像鞭策大哥和二哥那樣將可麟逼得死緊，而且為了替二哥站臺還有自家事業，姚家兩老待在家的日子越來越少，可麟因此獲得相當大程度的自由。

可麟從小習慣家裡只有幫傭而沒有家人，之所以從小就學會獨立，部分也是生性使然。每天，應付完學校作業之後，可麟會窩在小閣樓，那是她為自己打造的空間——她生來就懂得打造對自己有利的環境。

閣樓裡堆滿書，從科學期刊到外文小說、商業雜誌、人物傳記甚至八卦週刊都有，可麟來者不拒。直到國中畢業時，她讀過的書已達千本以上，成績優異自然不在話下，對她來說應付學校課業真的很輕鬆，畢竟那是有答案的東西，死板沒有變化。

高中畢業時，可麟眾望所歸當選畢業生代表上臺致詞，高雅從容的氣質令應邀到訪的賓客都驚豔。

雖然成績可以進入醫學系，但姚可麟選擇外文。不過她很少上正課，而是到處旁聽。在明白校園所能給予的無法滿足自己之後，可麟轉而跳進網路世界，也是在那裡發現暗網。

一連幾天可麟都窩在小閣樓，暗網所見的一切遠比想像的更加可怕，因此一頭栽進這未曾見識過的黑暗世界。

可麟從此沉迷，她沒有虐殺人的潛在衝動，純粹是出於好奇。她發現一個組織，以傳奇殺人魔傑克為名。在該組織眾多的虐殺影片之中，成員會自豪或誇張地炫耀右胸的傷疤——故意刻出的J。

另外，雖然每個成員的虐殺方式各有創意，但開膛是共通的儀式也是默契。可麟看著影片，想像受害者被活活剖開肚子時的感受，痛是當然的，可是痛有分程度，那會是怎樣的痛？還有，成員是出於什麼樣的動機選擇這樣激烈的虐殺手段？他們抱持著什麼樣的心態？是單純的嗜殺呢、或是對社會有所不滿？崇拜傑克的原因又是什麼？是盲目的崇拜，或是傑克能引起共鳴？

隔著螢幕可以得知的訊息，終究有限。

她持續關注這個網站，意外發現有亞洲成員。她刻意以中文留言，幾次之後，果然慢慢引起注意，更進一步發展到能夠私下以匿名通信的方式往來。她表明有加入傑克會的意願，希望能夠被引領入門。但這個要求像將石子投入深不見底的井中，遲遲沒有回音。

可麟耐心等待。直到某日，終於得到成員的回應，是個男性，人也在台灣。經歷過一段時間的來往，可麟逐步卸下對方心防，彼此建立起一定的信任度之後，她終於提出要求。

「我想參與。」

或許是被她的美貌吸引，又或者是誤以為遇到同類而沖昏頭的喜悅，那名成員定下見面地點。約定那天他會當個稱職的導師，示範如何將人活活剖腹，並讓可麟加入傑克會。

××××

姚可麟與那名成員在約定好的地點見面。

這裡雖然遠離市區，但仍有零星的住宅。可麟穿著輕便的運動服裝，已是入秋，所以再套件愛迪達風衣外套。她比約定的時間早到十分鐘。二十歲出頭的女孩單獨會見殺人魔是多麼弔詭、多麼危險的事，但可麟不緊張也不恐懼。這不是出於不懂得防備的天真，她當然明白其中的危險性，因此早有準備，左右口袋分別藏著防狼噴霧與電擊棒。

她盯著手錶，約好的時間到了。遠遠地，一個騎著單車的男人接近，同樣穿著運動服裝，唯一會稍微引人注目的只有身後的登山背包。男人放慢速度，單車在距離可麟一公尺處停下。

那男人戴著運動墨鏡，臉孔有稜有角。他的嘴角微微牽動，表情近似冷笑。「你很準時。」

「因為我很期待。」可麟笑答。

男人牽著單車，領著可麟往預先探查好的地點前進。兩人就像熱愛戶外踏青的單車族，這打扮既方便活動也能充當偽裝。寡言的男人幾乎不說話，可麟落後男人半個腳步的距離，一邊記路，一邊觀察環境。這裡很安靜，人車稀少，比起被水泥灌滿的市區少了引擎排放的廢氣，多了綠地還有隨風搖曳的狗尾草，空氣有濕漉的泥土味。

可麟挽起頭髮紮了馬尾，涼風滑過耳朵跟頸子時很舒服。她察覺男人的眼角餘光不時偷瞄過來，故意裝作不知情。她知道男人對自己越有好感，就越容易博得對方的信任。

十五分鐘的路程之後，兩人抵達一處廢屋。

男人提醒：「記著，一定要挑選人少的地方。這裡我觀察很久，是個好地點，對象也好處理。」

男人率著可麟埋伏在旁邊的竹林。沒多久，一個穿著洋裝、披著薄外套的女孩來到附近，手裡還拎著一大袋零食。男人像隻潛伏的獵豹，可麟全程注意他的變化，包括所有一閃即逝的臉部肌肉改變、呼吸的頻率與輕重。她發現女孩出現時，男人的呼吸稍微加重。

「在這等著。」男人吩咐後離開竹林，跟著進入廢屋。緊接著屋內傳出桌椅的碰撞聲以及女孩子的尖叫，最後一切像什麼都沒發生過似地歸於平靜，只剩竹林的細微風聲。

踏出廢屋的男人望向可麟的藏身處，用手指了指，示意她出來。可麟隨著男人一起進入廢屋，潮濕的霉味極重，昏暗入口有被掀倒的桌椅，再往裡面走有散落一地的糖果跟袋裝餅乾。

男人關上門之後，屋內更加陰暗。可麟悄悄握住防狼噴霧，注意男人隨時可能的偷襲。與可麟的警戒相反，男人毫無防範地背對她，進入一邊的小房間裡。窗邊透著微弱日光，牆角處有兩個雙手被反綁的孩子，他們緊挨在一塊，睜著驚慌的眼睛。

兩個孩子一女一男，女的年紀稍長，男的則年幼得多。兩人的嘴裡都被塞了爛布，只能發出嗯嗯嗚嗚的悶聲。被嚇慌的女孩不停流淚，滿臉都是淚痕。小男孩雖然沒哭，可麟卻猜是害怕得不知如何反應。她好整以暇地拂去椅子的灰塵，為自己準備全程觀賞的好位子。

男人蹲在兩個孩子面前，像在超市揀選晚餐用菜。他已經摘下墨鏡。藏在墨鏡之後的眼睛一點生命力都沒有，彷彿鑲在眼眶裡的是對塑膠眼珠。

最後，男人選中女孩，一把扯著洋裝將她摔到床上。痛得悶哼的女孩蜷縮成一團，顫抖地看著男人逼近。男人解開綁住她手腕的繩索，女孩立刻想逃，卻被按回床上，隨後一個結實的耳光打在臉上。啪！然後又一次。啪！又一次、又一次……

女孩被打得頭昏眼花，兩邊臉蛋都紅腫起來。她嚇得不敢再反抗，更遑論嘗試逃跑，任憑男人將她雙手綁在左右床腳。在纖細欲折的雙踝被抓住時，女孩屈辱地夾緊大腿，卻被粗暴地掰開，雙踝被綁上另外兩個床腳。

男人從登山背包拿出其他工具，有柴刀、剪刀、小型攝影機。他把小型攝影機交給可麟，吩咐：「錄下來，不要拍到我的臉。」

原來他打算這段紀錄也要上傳到暗網。對男人有所求的可麟當然配合。

男人拉出女孩嘴裡的爛布，女孩還來不及決定該不該大聲求救，一個耳光又打上臉頰。這次將嘴角打出血來。凌亂的髮絲散落在女孩的臉龐上，她無助地壓抑哭泣聲，只怕又要被打。

眼看男人拿起剪刀，可麟猜想那會用來剪去女孩的什麼部位呢？或是要先除掉礙事的衣服？

男人粗暴扯著女孩的洋裝，從中剪開，露出裡頭的白色胸罩。那是剛發育的女孩會穿的款式，樸素如紙。胸罩當然也無法倖免，跟著被剪開。男人粗魯地將剪得破破爛爛的洋裝左右撥開，像剝開水果皮般露出白皙的果肉。

接著登場的是柴刀。男人朝空中揮舞幾下，劃出刺耳的風切聲。

「救我！」女孩用力抬頭，向瑟縮在牆邊的小男孩求救。小男孩跪在地上，臉孔死白如紙。

重頭戲要來了。可麟終於能夠親眼見到開膛的過程，還有被害者最真實的反應。

逃無可逃的女孩無助地扭動身體，再也忍不住，放聲哭叫。

男人下刀，女孩淒厲的慘叫跟切肉聲夾雜在一塊，尖銳且刺耳，像發狂的金絲雀。鮮血溢出女孩的嘴角，襯得臉蛋更白。切肉聲停止之後，傳來的是掏出臟器時黏糊糊的聲音，彷彿男人在玩弄血色的黏土。女孩的哀鳴斷斷續續，越來越微弱……

原來啊、原來肚子被剖開會是這樣，腸子被拉出來會有這樣的反應。可麟像個勤奮的學生，將眼前所見盡數烙進腦袋，這是前所未有的新刺激，果然不虛此行。

被徹底折磨的女孩終於痛苦地斷氣，整片床被染成暗紅色，床沿落下的血滴在地上匯聚成圈。女孩的模樣堪比實驗課被解剖的青蛙。

「換你。」男人反握柴刀，將刀柄遞給可麟。「小男孩給你殺。」

可麟接過刀，將攝影機轉交給男人，角色就此對調。嚇得失魂的小男孩雙眼失焦，瞳孔中只剩死去女孩的殘像。

多年之後，當年那名小男孩已經變成少年。

此時此刻，擅闖的他出現在已是人稱姚醫生的可麟面前。

二十三、就把這當成共享的祕密

某座淡水豪宅，上午十點零九分。晴天，無雲。

爽朗的陽光透過整面落地窗照進屋內，逐散所有陰影，淡水河面有耀眼的波光閃爍，庸庸碌碌的車流來去，遠處渡船緩緩駛過河面。

在書堆的環繞之中，姚可麟只穿著一件寬鬆的白色大襯衫，那是在家時才有的輕鬆裝扮。她屈起雙腿，抱著膝蓋，將頭枕在手臂上。眼前的少年就是當年那個孩子。相較於這孩子的面無表情，姚可麟感受倒是複雜的多，說是五味雜陳也不為過。

曾經，那個孩子只能無助地看著同伴被活活虐殺，但現在的他卻反過來獵殺這些喪心病狂的怪物。他成長了好多，如果不是臉龐還留著些許當年的影子，姚可麟還真要認不出來。

雖然十年不過是二十出頭的年紀，但其沉穩還要更勝年長的人。姚可麟知道十年始終在與心裡的混亂拔河，殘缺的記憶讓這孩子不得不懷疑自身會不會正是自己在追獵的怪物？因此她才有機可趁，徹底引出十年內心的混亂。

可是，現在的十年完全不同了。記憶的完整讓他不再有所迷惘，那一天小姊姊的死對他形如詛咒，是混亂的源頭也是一切起因，正是為了替小姊姊報仇的執念，才能讓他如此堅強。

這份堅強遠超出姚可麟的想像。

她相當訝異，十年在面對幕後元兇時居然能夠保持冷靜。十年單膝跪著，手裡抓著一把鋒利的小刀，兩人之間的距離只要十年一個跨步，刀就能刺進姚可麟的胸膛。她相信十年連這點都計算到了，只要膽敢輕舉妄動，他絕對不會手軟。

十年雖然看似冷靜，終究還是太衝動了些。從他大腿的不自然看來，必然是負傷在身，否則何必採取這樣奇怪的蹲踞姿態。姚可麟想，這多半是前幾夜在琴鍵受的傷。那一晚相當慘烈，幸好有收購商省去不少善後的麻煩。

「你受傷了。」姚可麟點出。

「那時候為什麼放過我？」

意料之中的提問。姚可麟微笑，她的笑永遠是那麼樣優雅雍容。「是啊，為什麼呢？」

××××

可麟接過沾血的柴刀，重量相當沉，她得使勁才能握緊。淪為待宰對象的小男孩完完全全嚇傻，連抵抗都沒有。

男人心急地催促：「快呀，殺了他。然後我幫你在胸口刺下記號，你就是傑克會的一分子了。」

可麟恍若未聞，柴刀握在手中的感覺很沉很紮實，單憑刀背也能重創小男孩吧。還沒發育完全的他好脆弱，何況是被綁住的現在呢？完全只有任人擺佈的份。該怎麼說呢，可麟分析這種令她不快的感受——是了，這叫無趣。

打從一開始她就沒有動手的打算，把雙手弄得血淋淋、將人開膛剖腹不在計畫之內。最主要還是好奇受害者的反應，說實在，也就那樣而已。她本來還預期的會是些更加激烈的。至於這個男人，這個沉溺在殺人快感中的男人真的好無聊。殺人的動機像是出自本能，太單純了，一點深度都沒有，這不是可麟所期望的答案。越想，越是失望。

所以，到此為止吧？

「可以幫我按住他嗎？」可麟請求。

男人雖然還是冷酷的嘴臉，但動作迅速地壓制住小男孩。這代表他在興奮，也有獻殷勤的意味存在。

小男孩連掙扎都沒有，一直盯著女孩的屍體不放，喉頭裡發出悶沉的聲音。然後像什麼開關被觸動般，小男孩開始瘋狂落淚。奇妙的是，小男孩完全沒有哭出聲，好像能夠發出聲音的部分隨著女孩一起死去，留在這裡的小男孩並不完整。

背對可麟的男人完全沒有防備，沒看見她意料之外的舉動。可麟從口袋拿出電擊棒，迅速按上男人的後頸。遭受電擊的男人顫抖倒地，電流連帶殃及小男孩，那幼小的軀體承受不住電擊，小男孩昏迷過去。

可麟將意識殘存的男人拖離小男孩，將電擊棒抵著他左胸，男人伸手想撥開，但可麟直接按下開關，這一按直至電池的電量耗盡才鬆手，連帶停止男人的心跳。

拿開電擊棒時，一陣焦臭瀰漫。可麟將電擊棒收回口袋，算是回收兇器，順帶將小型攝影機也收回。至於小男孩，可麟蹲下來，近距離端詳那睡著似的蒼白臉蛋。

「刻下記號？」可麟想起男人說的，於是又拾起柴刀，掀開小男孩的衣服。小男孩很瘦，蒼白的軀體可以看見清楚的肋骨、胸骨的形狀也很明顯。在她刻下J的過程中，被電昏的小男孩毫無反應，於是她探了探小男孩的頸動脈，確認他未死。

可麟擦拭掉刀柄的指紋，用手帕夾起後隨意扔到男人身邊。是時候離開現場了。小男孩的重量比想像得還要輕，她背著小男孩循著原路走回，這畫面彷彿姐弟出遊，貼心的姊姊背著玩累的弟弟回家。任誰看到都會這樣想的吧？

走了好遠之後，可麟抵達一開始與男人會合的地方，這裡離廢屋很遠。她將小男孩棄置路邊便打算離開，卻又突然想起似地拿出小型攝影機，錄下小男孩的長相。

小男孩仍處於昏迷，這一覺會睡多久呢？

××××

「為什麼不回答？」十年追問，慢慢逼近姚醫生。手中那把慣用的刀曾奪去好幾名殺人兇手的性命，其中也有非傑克會的人。可是十年從不濫殺，只針對殺人的怪物。

姚醫生變換姿勢改為跪坐，直挺挺地立起身子，然後解開襯衫的鈕扣。褪下襯衫之後，乳白的胴體裸露出來，她的胸口很光滑，過於白皙的肌膚甚至隱約可見青色的細小血管。

沒有傑克會的記號。

「我不是成員。」姚醫生那一點傷疤都沒有的胸口證明這點，「也不是我指定要殺那個女孩。你跟她從一開始就被盯上，我不過是在旁邊觀摩。是的，我的確在場，可是不管我有沒有出現，那女孩都難逃一死。但你卻不一定，因為我，所以你才活了下來。」

「別說得我會活下來好像都是你的功勞。你要以豪冒充她的弟弟，還誤導我讓我以為自己是傑克會的人。」十年難忍怒意，迅速刺出手臂，刀尖抵著姚醫生的喉頭。這劇烈的動作又令大腿傷處開始作痛，「你可以阻止那個人，她可以不用死！」

姚醫生毫無懼色，無視那威脅性命的刀。「也許我跟大衛杜夫很相似，都擁有過剩的好奇心。我跟他的差別只在於他盡可能維持旁觀者的身分，而我喜歡一起攪和。不過大衛杜夫在他認為有必要時會進行干涉，大概是覺得可以讓事情變得更有趣吧。否則你不會知道是我在幕後策劃一切，更不可能找到這裡。真是狡猾的情報販子。」

「大衛杜夫說你是可怕的女人。他說得完全正確。」十年的右手開始不受控制地顫抖，因為要盡力克制不直接刺殺姚醫生的衝動。

「那我得修正說法，真是狡猾又毒舌的情報販子。那你認為呢？你害怕我嗎？」

「我想殺了你。」

姚醫生不動不躲，更不曾移開目光，始終平靜地注視十年。她突然綻開笑容，含笑回應：「動手吧。」

十年握緊刀，準備就此了結姚醫生，讓所有的糾葛在此塵埃落定。

「住手！」突然有人大叫。

十年驚訝地發現，那人居然是以豪。他的身上各處都纏著繃帶，一手拿著小刀，顫抖地指著十年，另一手痛苦地捂著腹部，是那夜與十年扭打時被小刀深深刺傷的地方。十年並不知道以豪並未死去，因為他求生的意志與十年復仇的怒火同樣頑強。經過急救，以豪幸運地保住性命，但傷得比十年更重，這幾日都在此養傷。

以豪艱困地向兩人走來，每一步都會牽動傷處，引起劇痛。

十年喝斥：「停下。」

因為十年有姚醫生作為要脅的籌碼，別無選擇的以豪只能聽命。他就地站定，像個無助的孩子哀求：「不要傷害姚醫生、不要殺她……」

面無表情的十年幾乎漠視以豪。要割斷姚醫生的頸動脈不過是釐米之差，只要刺進去、刺進去⋯⋯

以豪按著大腿，咬牙忍痛慢慢跪下，他眼泛淚光，眼淚轉瞬滴落，就此不止。

「求求你，不要再把姚醫生從我身邊奪走⋯⋯」

十年扭頭對著以豪怒吼：「換作是你又願意放過她了？」

「不一樣、這不一樣⋯⋯」以豪彷彿淋著刺骨的冷雨，無法停止顫抖。「如果你非殺她不可，那就讓我代替她。」以豪舉刀，毫不猶豫地朝自己刺落，刀刃深深沒入體中，白色的病人袍子暈開濕紅的血圈。他虛弱地彎下腰，額頭密布豆大的冷汗，「如果還不夠，我可以切開肚子，要我作什麼都可以。求你⋯⋯只要別傷害她⋯⋯」

十年握刀的力道不再如剛才那樣緊繃，眼看以豪要拔刀再次自殘，十年只能氣急敗壞地制止：「夠了，住手！我叫你住手！」他心亂如麻，不解地質問：「為什麼你願意作到這種地步？」

以豪的笑很淒涼，「因為姚醫生是我最重要的人，為了她我什麼都願意。」

姚醫生緊抿著唇，不顧十年的要脅，心急地爬向以豪，而十年沒有阻止。她脫下襯衫，用來按住以豪出血的傷口，不斷低聲說著：「傻瓜⋯⋯」

這一刻，十年突然動搖了。在那瞬間看見年幼的自己奮不顧身地護在小姊姊身前，可是轉眼間即消散，不過是遺憾的幻影。

以豪辦到那一天他作不到的事。如果他一開始就試著挺身反抗或哀求，結果會不會有所不同、小姊姊會不會有機會活下來？雖然很渺茫，但也許有可能……不對，十年用力搖頭，像要驅逐這份愚蠢。這都是一廂情願的天真，沒有機會的，那個男人太強壯，即使他跟小姊姊聯手也是無能為力。

「快逃！」

當時，被男人抓住的小姊姊大聲呼喊，要小十年先逃跑。可是他完全傻住了，浪費小姊姊拼死為他爭取到的機會。如果角色對調過來，他盡可能拖住那男人呢？十年無法再想，時光無法倒流，沒有如果了。

記憶復原之後，十年每天都活在懊悔當中，不斷地自問：「為什麼我救不了小姊姊？」

這些年來，驅使他的動力是復仇，卻也不全然是復仇。十年更希望不要再有人跟他一樣失去重要的人、不要再有人慘死在傑克會那些喪心病狂的怪物手裡，讓活下來的人抱著哀痛度過餘生——那是一輩子無法撫平的傷。

「這不代表我原諒你。」十年說完，強逼自己轉身離開。就這樣了，就這樣。

但姚醫生出聲叫住他。姚醫生抓住以豪雙手，暫時讓他自己按著傷口止血：「等我一下……」她溫柔地撫摸以豪的額頭，然後踏進成座的書堆裡，取出一本墨綠色的精裝書。

她把精裝書遞給十年，「是謝禮，也是道歉。」

十年懷疑地接過，用小刀揭開。裡頭的書頁被挖空成凹槽，另有一本小冊子藏在其中。十年取出後隨意將精裝書扔在地上，翻了幾頁小冊子。沒錯，他的確需要，這些是傑克會成員的資料。

「這些資料是那幾年我搜集來的，保證無誤。」姚醫生突然握住十年手腕，「你完全超乎我的想像。謝謝你。」

十年難忍地作嘔，對於被他人碰觸的反應依然激烈得可怕。他慌張抽手，不悅地瞪了姚醫生一眼：「不要再把以豪當成棋子。他願意為你而死，不要糟蹋他。否則現在沒拿走的，到時候我會一併討回。」

這威嚇再明白不過，姚醫生自然懂得。她返回以豪身邊繼續為他止血。失血的以豪開始發冷，笨拙地挨近姚醫生好獲得她的體溫。兩人的互動令十年突然有那麼一點羨慕，這對他來說是非常、非常怪異的感受，打從有意識開始，十年就未曾體會過。

十年覺得以豪跟他實在太相似了，他的遺憾彷彿在以豪身上得到部分的彌補。

「到此為止吧。」十年在心裡對自己說，選擇就此罷手。他無聲地離開。任務還沒結束，在完全剷除傑克會之前，十年的旅途不會停止。

屋內，只剩下姚醫生與以豪兩人。

以豪虛弱地用氣音說著：「他還是不知道……」

姚醫生伸出食指，按上以豪的唇，示意他別再說話。「這件事當成我們兩個的祕密，只有我跟你共享，再也沒有任何人會知道，好嗎？」

以豪握住姚醫生的手指，挪開。「現在，我是最特別的那個了嗎？」

「是的。」姚醫生回答。以豪滿足地笑了。

十年早已不知蹤影。姚醫生望著空無一人的門口，輕聲說著：「再見了，09013。」

二十四、終，完

與小男孩分別之後。全身而退的可麟沒有因此作罷，還是持續與傑克會的成員接觸。可是暗網不再吸引她，傑克會也是那樣乏味，她比以前更加沉浸在閱讀之中，可是日子一久，還是無法不發慌。

於是她託人尋找那名小男孩，只要有錢什麼事都好辦，可麟輕易得到她所需要的資訊，依著地址找到那間育幼院。

負責接待的員工很訝異，沒料到會有年輕人獨自拜訪。那名員工試探地問：「是來領養孩子嗎？還是有公益活動要合作？」

可麟禮貌一笑，「我想找院長。沒有事先預約，但務必讓我和她見面。」因為生來就有一股不容人拒絕的氣場，那是一種凌駕於尋常人、令人不得不遵從的氣勢，所以接待的員工客氣地要可麟稍等，隨即通報院長。

「這邊請！」員工接獲指令，招呼她進院長的辦公室。院長是個老婦人，有著一對不太友善的倒三角眼。她輕蔑地請可麟坐下，還以為可麟只是個不諳世事的愚昧丫頭。

可麟當然不會被這樣無禮的態度激怒，她從容就座，然後表示：「我想和院長單獨談談。」守候在一邊員工望向院長，徵詢她的意見。後者不耐煩地擺擺手，於是員工順從地離開。

「到底有什麼事？」院長問。

可麟省略客套話，直取重點：「我知道這間育幼院的生意。人口跟器官買賣可以為你帶來多少利潤？」

院長立刻變臉，像要捍衛腐肉的禿鷹般警戒地盯著可麟。手一邊摸向桌底下的呼叫按鈕，她必須呼喚警衛過來，必要時直接滅口。

可麟當然察覺到了，而且她動作更快，在院長按下按鈕前先行遞出一張支票。「我不打算揭發這樁生意。相反的，我可以贊助資金。」

支票上的數字讓院長無法拒絕，但是可麟的來意未明，令她越加惶恐。在恐懼與不安膨脹得更大之前，可麟繼續說了：「你不必猜測我的目的，我要的很少、很簡單。」她拿出手機，讓院長看清楚螢幕的照片，是當時那名小男孩。

「我要他。」可麟說。「作為交換，這張支票是你的了。」

院長毫不猶豫地接受這筆交易，將支票揣進懷裡，眉開眼笑地用力點頭：「沒問題、沒問題。跟我來！」

院長帶著可麟前往被封鎖的左棟二樓。推開安全門後，只有一條筆直到底的長廊，盡頭有三個房間。「這裡不對外開放，那些沒有被登記戶口的孩子都養在這裡，你要的人也是其中一個。這孩子之前逃跑過，逼得我加強戒備。」

果然如院長所說，安全門後有兩名身材壯碩的警衛。

穿越長廊時，可麟居然感到有些興奮。那個男孩變得怎麼樣了呢？她吩咐：「我希望是單獨會面，而且不能讓他看見我的臉。」

「沒問題、沒問題。這很好解決。」院長獨自進去右側房間。沒有對外窗，無法看清裡頭情況。可麟靠著牆耐心等待。當房間門再度打開時，院長拉著一名小男孩出來。從背影可麟就認出了，是那個孩子沒錯。

院長將小男孩帶進正中央的房間，幾分鐘後，院長賊頭賊腦地探頭出來。「準備好了，請進。」

可麟在院長的指引下進入房間。裡面的擺設相當簡單，說是單調也不為過，整個房間裡只擺著一張鐵架床，小男孩躺在床上，還被布條矇住眼睛，而且一絲不掛。可麟不禁想著，院長是不是有所誤會？

待院長關門離開後，整間房就只剩下可麟跟小男孩。

她踩著輕盈的步伐走近床，小男孩聽到有人接近，不安地轉頭面向聲音來源。可是他當然看不清來者的面貌。可麟在床邊坐下，看到被隨意扔在地上的制服，名牌上有著一串數字：09013，大概是小男孩的編號吧。

小男孩的嘴唇緊抿成一條線，不安地聳著肩膀。可麟安靜地打量他，從鼻子到嘴唇、從喉頸到肚臍、從陰莖到膝蓋。小男孩的皮膚是病懨懨的蒼白，多半是因為很少照到陽光的緣故。

根據得到的情報，可麟知道小男孩後來被路過的民眾帶去警察局，接著被育幼院派出搜索的人領回。警察沒有多問，大概是因為育幼院普遍的印象是慈善機構，警察當然不會多加刁難。況且這小男孩還處在目睹同伴被殺的驚嚇當中，連話都說不清楚，現場任由育幼院的人主導，小男孩終於失去短暫的自由。

可麟的指尖滑挲過小男孩的胸骨，停留在右胸。那裡有肉疤的突起，是當時她親手刻下的J。她在他的身上留下印記，指尖可以感受到小男孩那過於明顯的顫抖，原來小男孩覺得反感嗎？他的反應讓可麟越加刻意，為所欲為地摸索小男孩的身體，觸碰每一吋肌膚。小男孩的身體繃得死緊，雙手緊緊握拳。

如果那一天我不在，你也難逃被開膛的命運，可麟心想。

她扳開男孩的拳頭，掌心有被指甲深深刺入的痕跡。她用手指在男孩的手掌裡寫著字，小男孩當然無法理解。終於，暫時心滿意足的可麟離開了，獨留小男孩一人在房內。

她留給小男孩的內容是：「從現在開始，你屬於我。」

院長一直在房間外等候，當可麟出來，立刻過份熱心地迎上來，像搖著尾巴要討好主人的忠犬。

「我還會再來，這個孩子寄放在這裡。我要他活著。」可麟吩咐，院長恭敬稱是。面對大金主，院長自然是一百分的客氣。

從那之後，可麟不定期造訪育幼院，每次都會單獨與小男孩相處。她一再探索小男孩的身體，眼看著他逐漸成長，肩膀寬了、身材高了、五官越漸立體。可惜的是，可麟從來不曾親眼看過他的眼眸是什麼模樣。不過可麟佔有了他，這個男孩，0901３已經變成她的所有物。

更後來，可麟突發奇想地強吻男孩。在這之間，她的腦海浮現一張又一張的男性面孔，那些對她展開追求的男人不是基於美貌就是為了她的家世，全是別有所圖，根本是一群垂涎著口水的蠢豬。可麟自然不屑一顧，與之相比，男孩完全就是未受到汙染的純淨之物。

在捧著男孩的臉頰，與他接吻、舌頭交纏時，可麟在這樣突兀的舉動裡試圖釐清對這男孩抱持的是怎樣的感情？為什麼會產生對他為所欲為的衝動呢？可麟不明白，於是舌尖探得更深，以為可以挖掘到答案。男孩只有一種反應，那就是握緊雙拳，身體僵硬地繃緊，精瘦的肌肉線條相當明顯，不帶一點贅肉。這小男孩不再是小男孩，真的不一樣了。

除了被指定的小男孩之外，可麟也會跟育幼院的其他孩子接觸。那是單單純純不帶一點肉體的接觸。這些孩子與那男孩終究不同。

不，還有個孩子例外，那便是以豪。與其他怯弱的孩子不同，以豪在這樣的環境裡還能表現得爽朗大方，他聰明，是少數不會任由院長擺佈的孩子，可是戒心比所有孩子都重。

可麟並非育幼院的人，這引起以豪的好奇。既然可麟有能耐卸下傑克會成員的心房，一個男孩又怎麼難得倒她？最終，以豪死心踏地，從此跟隨可麟。在以豪之後，另外又有幾個孩子被挑選出來，這些人最後都變成琴鍵的員工，以豪則是這個團隊的領導者。

至於沒被可麟選中的孩子，不是被販賣就是被摘除器官，又或者被院長洗腦成一群斯德哥爾摩傀儡。

可麟沒有停止跨越界線。

那是在她取得學位，終於從國外歸來的某一天。她拜訪久違的育幼院，幾年沒見的男孩已經判若兩人，她著急地撫摸，想確認是同一人無誤。確認之後她心安了。

但還是不夠。可麟覺得不夠。她站在床邊俯視男孩，直到那接近荒謬的念頭盤據整個腦袋。

她握住男孩的陰莖，五指牢牢緊扣，男孩跟著洩出細小的呻吟。即使很快就收住聲音，這種羞恥的表現仍令她微笑。維持不變的優雅，她輕盈地跨坐上去，壓上男孩的身體，大腿與他發冷的肌膚緊緊相貼。

可麟從支配的高度俯視，男孩被黑布蒙眼的臉孔慘白，她恣意劃過的指尖令男孩聳起的肩膀縮得更緊，瘦弱的胸膛不停、不停地發顫。

還不能滿足的她掀起裙子，就此跨出無法逆回的界線。在手指的引導下，陰莖慢慢進入體內。撕裂的疼痛讓可麟不得不咬住下唇，避免發出聲來。

在刀割似的痛楚之後，緊接而來是無法以言語形容的奇妙感受。這時候的可麟覺得自己與男孩融為一體，卻又完全主宰他。

你是我的。可麟捧著男孩的臉，強硬地吻上他。身體慢慢地、規律地擺動起來。嫣紅的血點如花，無聲綻開。

××××

「你選中我，也是你讓我們從育幼院逃掉。」以豪握著姚可麟為他止血的手掌，而那纖柔的手裡有他溫熱的血。「你讓我重獲新生。」

當初，姚可麟沒有直接將這些孩子從育幼院贖出，而是策劃好並告知以豪，讓他帶領選中的孩子們一起逃掉。十年之所以能夠第二次逃離育幼院，也是計畫之一。

兩人的影子慢慢拉長，消失在無數書頁的縫隙裡。屋內安靜得沒有一點聲音，只有姚可麟在以豪耳邊的呢喃。

「而你為我保守所有祕密。十年永遠不會發現。」

× × × × ×

幾日之後，麥當勞。

大衛杜夫罕見地約十年見面，以往都是十年主動聯絡索取情報。已經進入九月，平日的人潮銳減，大學以下的學生都被關回學校，因此麥當勞裡多的是空位。

大衛杜夫拿著塑膠湯匙，把草莓醬拌入冰淇淋，攪成粉紅色的漩渦。十年喝著雪碧汽水，托盤上還有一份新上市但名字已經忘記的漢堡。麥當勞雖然有提供消毒酒精，但十年還是偏好使用自備的。心理作用使然，讓他認為麥當勞的酒精並不乾淨。

「你竟然沒殺姚醫生。」大衛杜夫用湯匙戳著已經千瘡百孔的草莓聖代。

「說不定以後我會反悔。」十年回答，但他心裡明白只要有以豪攔阻，他就無法下手，那是給予「同類」以豪的最大限度寬容，這等同於姚醫生的保命符。

「你實在太善良了。雖然這是驚喜，但我有點失望。我以為你會更乾脆俐落，沒想到還是心軟。張霖青那件事還沒讓你學會教訓，他的兩個孩子都活著，搞不好哪天換他們找上門，你變成被獵殺的對象。」大衛杜夫說的內容雖然近似說教，但口氣很輕鬆，就像在談論今天天氣般無關緊要。

「我倒是無所謂。」十年是真的無所謂，既然敢與傑克會為敵，又怎麼會害怕兩個孩子？

「不好奇為什麼找你出來嗎？」

「故意不問。」十年只有這種時候能夠看穿大衛杜夫，「因為你一定很想說。」

大衛杜夫彈響手指，「完全正確。暫時要與你告別，有點事情不能不處理，得出趟遠門，順便放個長假。這期間我的代理人會主動跟你聯絡，需要任何情報跟協助都直接問他吧。」

話雖這麼說，大衛杜夫看起來像個想趕緊找到新玩具的孩子，那種與形象不符的純真令十年一陣發毛。

「會有好一陣子不會見面了。雖然你已經變得無趣了，但希望再次見面的時候能夠給我不一樣的驚喜。」大衛杜夫拿出防風打火機，在手中把玩，不斷掀開蓋子發出喀喀喀的金屬撞擊聲響，「啊，突然覺得有點寂寞。這當然是玩笑話。那麼就這樣，可別忘記我啊。」

大衛杜夫撇下一口都沒吃、被攪拌得亂七八糟的草莓聖代，瀟灑地下樓。

十年透過玻璃窗，望見整片街景，一身西裝的大衛杜夫消失在轉角。日光耀眼，紅綠燈規律地交換，行人三三兩兩走過斑馬線。

他突然拿起大衛杜夫一口都沒碰的草莓聖代，雖然被貪玩的情報商翻攪得很噁心，但他確認過，沒沾到口水。

盯著塑膠湯匙上粉紅與白交錯的聖代，十年猶豫之後用嘴唇抿進少許。當草莓聖代的滋味在嘴巴緩慢擴散，他突然明白，難怪大衛杜夫這麼偏愛甜食。

與姚醫生的糾葛結束了。多虧情報商故意介入，讓十年早一步跳出精密設計的險局。真是雞婆，十年邊想，又嚐了一口聖代，然後才放下湯匙。

他從口袋裡掏出小冊子，裡頭詳盡記載數名傑克會成員的資料。姚醫生為了搜集這些必定費了不少功夫跟金錢。十年一一確認，有的已經被他殺了，有的還沒。但是無所謂，不管他們躲在哪裡、再怎麼巧妙地將自身偽裝起來，十年都會揪出來、扯下偽裝的人皮，然後宰殺。

還沒結束。

琴鍵發生的命案終究還是曝光，曉君作為受害者之一，被警方請到局裡喝茶作筆錄。她將在琴鍵發生的事情全都交待清楚，但刻意隱瞞十年的事，編造自己是趁著歹徒不注意時僥倖脫身。

咖啡店周邊沒有監視器，少數幾臺又剛好全數故障，因此並沒有十年與曉君一起離開的影像。得知這個消息時，曉君有預感，這恐怕是有人在暗中動手腳，否則怎麼會如此巧合？

警察相當客氣，沒有多加刁難，這跟曉君原先預設的情況有相當大的落差。她甚至有作偽證被揭穿、然後被迫困在看守所的打算。可是到底會被關在哪其實她並不確定，這是她第一次進警局，對流程不甚清楚，但既然沒事就好。

感覺上，警方並不是真的要處理這件命案，而是某種必要性的程序，某種人為刻意操弄的展現。至於背後的人有什麼樣的意圖，都跟曉君沒有關係，即使她想干涉也無法。

作筆錄的辦公室外頭突然鬧哄哄的，原來是記者不知道從哪裡得到消息，蜂擁而至打算搶獨家。好心的員警掩護曉君從後門離開，免得被記者騷擾。

曉君踏出警局時，炫目的陽光讓她覺得彷彿在兩個不同的世界間切換。

兩個世界——她想起十年，與十年所處的位置相比，曉君覺得自己真是再普通不過的普通人。當然，這不是怨嘆而是慶幸。那個世界實在太痛苦了，不是一般人可以耐受的。

不過，自己的處境也沒好到哪，看來目前這份工作非得辭掉不可，同事跟上司都把三個阿姨的失蹤看成是她害的，漫天的流言快要可以化成殺人的刺，這種不友善的環境還是趁早離開得好。

想到又要找工作，曉君不免一陣頭痛。可是既然連人肉都被逼著吃過了，跟找工作比起來不過是小事罷了。應該吧。

兩隻橘子貓趴在路邊民宅的磚牆上頭，懶洋洋地打盹。曉君想著，十年現在到底在哪呢？那晚的錄音檔到底傳遞些什麼訊息？隨身碟一直被他保管著，曉君連偷聽的機會都沒有，而且他後來還失蹤了。曉君突然覺得，十年根本是隻任性的貓，捉摸不定。

遠遠地，一個熟悉的身影迎面走來，打斷曉君的胡思亂想。為什麼他總是這麼巧合地出現？還總是露出那副人畜無害、容易博得好感的樣子。真是太可惡了。

這傢伙真的太可惡了。

當十年走近時，曉君又聽到那熟悉的招呼。

「你看起來餓了。」

終章之後

天亮了。

一身校服的張培雅躡手躡腳地穿越客廳，這個時間二姑姑一家都還在睡，她緩慢地轉開門把，避免製造不必要的聲響，然後迅速從打開的縫間穿越，又盡可能無聲地將門關上。

早晨的空氣略微冰涼，還未完全被引擎的廢氣取代，電線杆上的麻雀多嘴地吱吱喳喳。裝著課本與參考書的書包很沉，但張培雅的腳步更是沉重。

如果有得選擇，她並不想上學，但沒有逃課的本錢。上一次偷偷蹺課，結果班導師通知大姑姑，這讓她換得好幾晚不堪入耳的辱罵。

公車順著早晨的車流抵達站牌，她跟著其他死氣沉沉的學生們擠上車。車廂混雜著各種氣味，椅墊的奇怪塑膠味、柴油味、鄰近阿姨頭髮飄出的油垢味、打著呵欠的上班族的口臭、塗抹過多而令人作嘔的髮蠟濃香……

張培雅從書包裡找到口罩後戴上，這多少能夠讓五味雜陳的氣味不那麼刺鼻，還能遮住一半的臉。這樣很好，從那件事情之後，她只想把自己隱藏起來。

早晨七點，學生陸續進校門，兼任體育老師的生教組組長直挺挺地目視學生進門，像是臺人肉監視器。張培雅反感地迴避那種將學生當賊的不信任目光，直接前往教室。

她進教室時，好幾名同學已經在裡頭了，完全不克制聊天的聲量。幾個女同學聚在一塊，吃著附近早餐店的三明治跟冰奶茶，配著不知道哪一班的哪個同學的八卦。其中一人發現了她，用手肘頂了頂旁邊的女生，於是目光突然全部聚集在張培雅身上，這僅僅維持幾秒，她們很快地又開始恢復聊天，但眼珠子不時飄來，原先稀鬆自然的笑容也變得刻意，帶著不友善的陰影。

張培雅才剛在自己的位子坐下，連書包都還沒拿下，一個留著直瀏海妹妹頭的女學生氣焰囂張地走來，一巴掌拍在桌面上。「喂，第一節下課到廁所來，你敢不來試試看！」

惡霸似的女同學撂完話就走回所屬的團體，那群人竊竊私語，都投以幸災樂禍的目光。

張培雅望著桌面，彷彿那女的掌印就此印在上頭似的。她低著頭，垂落的瀏海遮住眼睛，因為還戴著口罩，所以臉部幾乎被擋住了。

「有夠陰沉的，這個死了爸爸的臭三八。」惡霸女同學故意說得大聲，只為了羞辱她。

張培雅沉默地卸下背包，拿出課本預習。彷彿什麼事都沒發生。可是在口罩之下，強自忍耐的她緊咬著下唇，幾乎要咬出血來。

第一節課是數學，數學老師在台上講解一元二次方程式的解法，底下的學生滑手機或看漫畫小說，又或是傳紙條、直接聊天跟老師比拼音量的都有。見過各種大風大浪的數學老師不為所動，反正也管不動，只是機械般照著課本進度翻頁，繼續授課。

張培雅倒是聽得認真，全班同學的課本就屬她寫下最多筆記。雖然她不喜歡學校更討厭待在教室，但聽課時絕不馬虎。這是從小養成的習性。

下課鐘響，數學老師一秒都不願意多待，東西收拾完直接離開。

「張培雅。」呼喚她的是突然出現的班導師。

張培雅一頭霧水，她沒有闖禍，難道是二姑姑向班導師告狀嗎？可是她真的什麼都沒作。自從上一次終於忍不住、幾乎是逃亡般蹺課之後，她就一直很安分。

那改變主意要直接強押張培雅去廁所的惡霸女同學也停了下來，看看究竟是什麼情形。

「跟我到辦公室。」班導師沒有多加解釋。張培雅只能跟著班導師離開。不過，這路徑不是往導師辦公室的方向。張培雅越來越不安。

最後，兩人在輔導處外停下。班導師這時候才說明用意：「輔導處跟校外的單位合作，定期會有一位青少年身心輔導門診的醫生來學校，為學生作諮商關懷。我幫你申請到這個機會。」

班導師拍著張培雅的肩，「你是個很認真的學生，剛轉學過來一定有很多陌生的部分要適應。你還遇到那樣的事情……張霖青學長跟我都是師大畢業的，我的指導教授說過你爸是他的得意門生呢。唉，總之有任何煩惱都可以跟那個醫生說，看心裡會不會輕鬆一點。」

張培雅被班導師轉交給輔導處的老師，接著她被領進辦公室的一個小房間，那是特別設置的諮商室。裡頭有兩張扶手椅，恰成九十度的夾角擺著，另外還有好幾個絨布抱枕。張培雅挑了一個抱枕抱在懷裡，觸感粗糙刺人，但這是她目前唯一能夠依靠的。

她靜靜等候，有些緊張，等等要跟醫生說什麼才好呢？諮商真的有用嗎？能夠讓她不在夜裡被惡夢驚醒、不再一次又一次回想起父親的死狀還有兇手的臉孔？

諮商室外傳來交談聲，似乎是醫生到了。交談的人們接近門口，接著門被禮貌地輕敲幾下。門被打開之後，來訪的女人讓張培雅很訝異，與預期中那嚴肅的白袍類型不同，這個醫生好漂亮，根本是模特兒。

醫生的微笑恰到好處，溫柔如蜻蜓點水。

「你好。我姓姚，姚可麟。叫我姚醫生就可以了，以後多多指教囉。」醫生說著伸出手。

彷彿有股魔力吸引著，張培雅毫不猶豫地與她握手。醫生的掌心很柔很暖，很令人心安。張培雅因此收起戒心，猶豫之後終於脫下口罩。

也許，這個人可以拯救我？

這時的張培雅，如此天真地奢望著。

【全文完】

番外篇、不乾淨的不吃

「你這樣不對，」十年冷酷地說，漆黑的瀏海下是同樣漆黑的雙眸，「只用清水洗不掉油垢，要配合小蘇打粉使用。」

天臺上，近晚的冷風陣陣。

遠處夕陽被漸濃的灰雲隱沒，只能透出殘喘的餘光。十年站在戶外水槽旁邊，一只飽經蹂躪的烤盤佈滿陳年油垢，積成令人無法視而不見的厚度。對他來說，更是刺眼無比。

「啊……」發出微弱喘息的是個衣著簡便的男人。與十年俐落清爽的短髮不同，他留著長度及肩的髮型，糟糕的髮質讓髮尾分岔，像頂著一頭稻草，還是連餓昏的牛隻都不屑一顧的那種差勁稻草。

頹廢男人被亂髮遮住半邊臉孔，另外的半邊臉露出單眼皮的困頓眼睛。嘴唇很薄，帶有一種刻薄自私的味道。他用力按住頸部的動作透出求生的執著，但是不斷從手掌下冒出的鮮血一再削減男人活下來的機率。

是因為終於告別煩人的盛暑，還是失血過多引起的寒冷？男人的腦袋亂糟糟的，思緒跟流出的血液一起失序。

天臺上只有十年與男人，通下的鐵門牢牢閉緊，無人可以擅闖。在天臺一側是簡陋的鐵皮加蓋，外表的鐵皮滿是紅棕色的鏽跡。鏽跡佔據的歲月長度，等於男人獨居在這裡的天數。

「善後的動作很重要，你應該更加重視後續的清潔。」十年一面責備，一面轉開水龍頭清洗手上的小刀。染紅的水積在烤盤邊緣，緩慢流入排水孔。

他取出擦拭布，仔細除去刀上水珠，然後就著即將消逝的夕陽餘暉端詳刀鋒。沒有灰塵沒有水漬，光滑如鏡。完美。他滿意地將之收進刀套。

他慢步走向男人，後者的眼珠無力垂下。手掌的力道也鬆了，再也按不牢頸部。血染的T-shirt隨著消隱的落日，終於變成難以識別的黑。

「不過，我猜你不必煩惱這個問題了。」

這是男人最後聽見的話語，像他這類生物離世前所能聽見的，從來不是家屬或好友不捨的告別。那不是屬於「傑克會」的結局，不是不配享有，是命定的分歧讓他們走上另一條路。

確認男人嚥下最後一口氣，十年依照慣例通知收購商。

等待收購商的同時，他不斷確認時間，又頻頻回頭望向水槽內的烤盤，甚至焦躁地來回踱步。最後他終究忍不住，快速走入鐵皮屋，再次返回時手上拿著玻璃瓶裝的白醋。

只取得白醋還不夠，十年另外從隨身背包拿出袋裝小蘇打粉。工具準備完畢，十年凝重地走向水槽，有一種專業匠人的氣質。

他摸索出水槽旁燈管的開關，也許這名傑克會成員有在戶外作業的習慣？他一面猜想，同時脫下手套，往烤盤輕灑著小蘇打粉，像甜點師父往蛋糕上灑糖霜似的。接著耐心等待，讓它發揮作用。

突然一陣風吹過，伴隨物體被吹動的輕飄飄聲音。他回頭後只見幾個還沾有烤肉醬汁的紙盤半飛半滾，從他眼前經過，不單如此，地上另有散落的竹籤、喝剩的可樂空瓶。

十年的眉頭越皺越緊，突然箭步向前拾起紙盤，一個接一個整齊地疊在手中。礙眼的竹籤當然也不放過。他像同時處理多道料理的大廚，腦中精準地計算時間。將垃圾集中在同一袋之後，他知道小蘇打粉已經發揮得差不多了，隨即走向水槽，開始刷洗烤盤。

完全投入的十年甚至忽略陣陣敲門聲，害收購商在安全門外苦等。終於被放行的收購商面無表情，照慣例做事毫不廢話。

十年道歉，目送收拾好屍體的收購商離開，確認樓下的住戶沒有動靜便再次關閉入口，像趕著回家把玩新玩具的小學生快速回到水槽前。

不愧是經年累月所產生的油垢，他在心中讚嘆。即使同時用上小蘇打粉跟白醋也無法立刻清除。根據十年的專業判斷，這需要反覆多次的作業，才能完全將油垢清除乾淨。

對手越是難纏，越是激起十年的鬥志，令他不肯罷休，傾盡畢生功力與之一戰。待他回神，赫然想起某件待辦事項，匆匆洗淨雙手，拿出手機確認現在時間。

「啊。」一聲簡短的驚呼，十年知道自己遲到了。

他癡望還沒完全去除油垢的烤盤，只要再給他點時間，一定可以完成的。

十年痛苦地扶額，逼自己不要再看那片烤盤了。要放下，對，放下。面對它接受它處理它放下它……偏偏烤盤被順利去除油垢的部份如此光滑，像一個嶄新的生命。十年如何放下、如何置之不理？

著魔似地，十年再度站在水槽前。要先處理，才能放下。

××××

有人說，性格決定命運，反之亦可能是命運造就人的性格。

十年的遭遇讓他擁有潔癖、懷抱復仇之心，鋪就一連串的後續故事，被迫面對各種生死關頭又與披人皮的怪物周旋。

有些人的際遇不比十年複雜，但同樣也是水深火熱——

「嗚啊！」

這無奈又洩氣的吼叫來自某間燈光明亮的辦公室。適逢連假，室裡空蕩蕩的，只有冷清的空氣，跟一名獨自抱頭哀號的小資女。

身為本系列作品「地獄倒楣鬼」擔當的曉君，免不了明明是放假卻被緊急叫來公司處理事情的鳥事。

眼看約定好的時間近在眉睫，她幾乎要崩潰了：「怎麼辦，還是趕不完、一定來不及！」

她哀號，把頭髮抓得亂七八糟。接著抓起馬克杯喝光僅存的冷掉咖啡，希望咖啡因可以發揮奇蹟，讓她的進度突飛猛進。

可惜的是理想與現實之間的差距，往往是世界上最遠的距離，就像你喜歡那個女孩但那個女孩不喜歡你卻愛上你鄰座的同學。如果要用兩個字來形容，毋庸置疑就是「絕望」。

「好想換工作、好想換工作……」曉君喃喃自語，進度還是像灘死水卡死不動。她的視線不斷在電腦螢幕上游移，手指當然也不停地在鍵盤上敲打，還要忍住打開人力銀行網頁的衝動。

「愛存在這美麗新世界，我喜歡自信的感覺……」手機鈴響，鈴聲是SHE的《美麗新世界》。

曉君天真地以為換了樂觀開朗的音樂會讓接電話的心情好一些，但這份天真就只是天真，毫無用處。她當下決定要把鈴聲換成閃靈樂團的《半屍橫氣山林》，樂觀正向都是屁，吼出來才是真的。

「喂，你好？」曉君用臉頰跟肩膀夾著手機，眼睛盯著電腦，雙手繼續忙著做不完的工作。

「請問是林小姐嗎？你的訂位時間到了喔，請問你在店外嗎？」手機另一頭是客氣的服務員。

「啊⁉啊啊？已經到了嗎？我、那個……」曉君慌了。她記得有跟十年說過，他先到的話便先進去燒烤店，然後向店員報她的姓名還有訂位電話。原來十年也耽擱了嗎？

「對不起對不起！有沒有辦法延後訂位時間？」

店員為難地回答：「因為是中秋節的關係，所以訂位很滿沒辦法延後。如果沒辦法準時的話，我們這邊可能要取消訂位喔。」

「這樣啊，」曉君腦袋一團亂，最後只能扼腕地說：「對不起，麻煩你取消訂位吧。真的很抱歉。」

結束通話，曉君改打給十年。「欸，結果你也錯過時間喔？……你說你在忙……」

曉君明白十年的「忙」大概都是哪類事情，所以識相地不去過問。「怎麼辦？你要去現場候位？可是今天是中秋節，一定會爆滿啦，大概等不到。我這邊的進度嗎？很不樂觀，可能要從晚餐場變成宵夜場了。你還是要等嗎？好，我忙完馬上過去。對不起喔……」

曉君掛上電話，用力拍拍臉頰強打起精神，埋頭繼續苦幹。

終於離開辦公室的時候，曉君整個人已經是接近虛脫的狀況。不料坐電梯抵達一樓大廳，卻見外面大雨滂沱，蕭瑟淒冷的氣氛更像是清明節而非中秋。

曉君沉痛地閉上眼睛，要冒雨騎車實在太痛苦了。但她還是認命披上雨衣，前往約定好的燒烤店。

天雨路滑，不長眼的來車依然不少。曉君騎得小心，身在車水馬龍的混亂台北，每一次上路都是賭，看是被撞還是被埋伏的警察偷開單。平安到家都是福。

她在燒烤店附近繞了一圈，終於覓得停車位。脫下雨衣，好像連命也去了半條。真的好累，這樣的中秋假期根本不是假期，重點是還沒有加班費可以領。

帶著排解不掉的厚重倦意，曉君拖著腳步來到燒烤店外。等候的十年站在角落，避開人來人往的騎樓通道。與骯髒的騎樓對比，十年更顯得乾淨無暇，自帶不染塵的氣場。

「對不起讓你久等了。」曉君有氣無力地道歉。

「店員說再半個小時就有位子了。」十年沒有責備曉君的遲到，相反地，他看起來容光煥發，好像很滿足似的。

被工作折磨後的曉君注意力渙散，否則逼問的話應該會得知那纏人的烤盤帶給十年多大的成就感與喜悅。現在的她反倒對於這麼快就有位子感到訝異：「怎麼會？今天訂位應該很滿的。」

「下大雨，客人不想出門所以取消訂位。」十年轉述店員的說法。

「太好了。我跟你說，這間的雞軟骨超級好吃！牛舌也是！」曉君讚嘆地說，覺得辛苦上班的生活終於有些代價。人活得這麼辛苦，說到底還不是為了吃飯？

「中秋節是什麼樣的節日？」十年突然問。沒有童年的他對普羅大眾習以為常的節日很陌生。

「什麼節日喔？」曉君被這麼一問，跟著愣住。搔頭想了想，給了解釋：「就是家人朋友團聚、吃烤肉吃月餅還有賞月吧！」

好胖，十年抗拒地想，原來中秋節是看月亮還有增肥的日子，難怪曉君要約他出來吃燒烤。

「應該快輪到我們了吧？」曉君隔著玻璃窗，望向店內。裡面的客人用鐵夾將烤網上的肉翻面，激起一陣白煙。「看起來好好吃……」

就在曉君翹首期盼的時候，一臺白色喜美在燒烤店外的路肩停下。駕駛推開車門，一把透明傘跟著敞開。傘下是個高挺爽朗的青年，他提著紙袋，朝十年與曉君的方向走近。

「十年，你牛豬羊肉都吃吧？」曉君興奮地轉頭詢問，燒肉的魔力讓她暫時得以排除工作帶來的極度厭世感。結果眼角餘光瞄見那名下車的青年，嚇得她往後跳開。

「你你你你你你你你……」曉君嚇得都結巴了。

「嗨，」以豪平淡地打招呼，彷彿過去什麼都沒發生過，「不會打擾你們太久，馬上就走。」

以豪把手中紙袋遞給十年，「趁新鮮吃完，不要久放。」

十年看了看紙袋，又看看以豪。

以豪明白他的顧慮，沒好氣地聲明：「烘培的全程都戴著口罩跟手套，器具經過高溫消毒。放心，絕對比你想像得還要乾淨。」

然後他發現害怕遲疑的曉君，於是善意地補充：「沒有加人肉。」

「那是什麼？」曉君害怕地問。

「月餅。材料新鮮，沒添加防腐劑。糖份跟熱量特別計算過，只有市面上月餅的一半。重點是沒有加鹹鴨蛋。」以豪侃侃而談，完全不掩飾對自己手藝的自信。

「為什麼不加鹹鴨蛋？那跟紅豆餡是絕配啊。」曉君抗議。

以豪眼睛一瞇，嚴肅地說：「姚醫生不喜歡鹹鴨蛋。」

什麼姚醫生？他是誰？曉君一頭霧水，但又沒膽子追問。畢竟以豪曾對她造成極大的心理陰影，面積幾乎無法估算。

將月餅親自交到十年手上後，以豪隨即告別，完全不拖泥帶水。他只想趕快回去待在姚醫生的身邊。姚醫生晚上有飯局，應景被招待吃了高級烤肉，得為她準備解膩的飲品……以豪擬定好計畫，化身成貼身又貼心的管家。

「你怎麼會跟他有約？」曉君擔心地問，很怕以豪會對十年不利。她還不知道兩個有類似遭遇的人已經達到某種程度的和解，和平相處還不成問題。

「他約的，說要拿東西給我。我在等燒烤店的位子，就約這裡了。」十年把紙袋往兩旁微微拉開，窺視裡面的長形盒裝月餅，材質是硬牛皮紙，樸素簡單，沒有任何圖案。

「真的沒問題吧？」曉君還沒忘記當初的人肉鹹派，不免陣陣反胃。

「應該吧。」本來就討厭甜食的十年沒有很想吃。

「先生，你們是兩位對嗎？現在可以進來囉！」店員招呼兩人入內。

曉君開開心心地拉著十年入座，邊哼著歌翻起菜單。「十年，你沒有不吃的東西吧？」

「不乾淨的不吃。」十年秒答。

「不是問你這個啦！有沒有不吃的肉類？蔬菜呢？」

「乾淨的都吃。」十年有答跟沒答一樣。

隔著菜單，曉君露出一雙無奈的眼睛，用哄小孩似的口吻說：「十年小弟弟，你放心。不管是肉啊還是菜啊，烤過細菌都會死光光，很乾淨。等一下，你在幹嘛……」

十年不知道什麼時候拿出濕紙巾跟消毒酒精，開始擦拭桌面還有餐具。路過的店員愣了愣，一臉莫名其妙。

「好了啦，十年，不要這樣。」曉君頭好痛，心想對面這傢伙的潔癖真的很嚴重。僅憑曉君的三言兩語當然沒辦法制止十年，只有任由他去了。自己就專心點餐、開心吃肉吧。

第一輪的餐陸續上桌，眨眼間桌面被一盤又一盤的肉品佔滿。曉君興奮地拿起夾子，把肉平鋪到烤網上。肉片滋滋冒油，竄出可口的肉香。

「來，這是牛五花。」曉君夾了滴著新鮮肉汁的肉片到十年的碗內。

十年舉著筷子，來回翻動肉片，好像在確認什麼。最後才小心翼翼放入口中。

「怎麼樣？熟度應該剛剛好吧！不是我自誇喔，念大學的時候因為打工很煩很辛苦，所以我大概三個月會吃一次燒烤吃到飽，就當犒賞自己。我還特別跟店員學烤肉的方法。我自己是很滿意啦，但是沒跟其他人吃過，所以不知道別人的評價怎麼樣？」曉君嘴巴在說，手也沒閒著，繼續把她讚賞有加的雞軟骨放上烤網。

「自己一個人吃？」十年問，不忘拿自備的面紙把嘴巴抹乾淨。

「對啊，因為我下課幾乎都在打工，沒時間經營什麼人際關係。照現在的說法就是邊緣人吧，會自己去吃吃到飽的那種等級。」曉君熟練地將肉翻面，同時避開烤爐的高溫處。的確是有幾分架式。「你咧？」

「什麼？」

「你會自己一個人吃吃到飽嗎？」

「我第一次來這種地方。」十年說，在曉君邀請之前他從來沒踏入過燒烤店，或許將來也不會，除非是要追蹤傑克會。他的童年太不一樣，欠缺許多人習以為常的種種。在童年之後，也少了正常的生活。

「那我以後再找你，除了燒烤，另外還有火鍋、披薩炸雞之類的吃到飽喔。啊，現在烤得剛剛好，這個雞軟骨真的很厲害，吃過搞不好你會開始喜歡吃到飽。」曉君笑著把脆度正好的雞軟骨夾給十年。

「會不會吃太多？」十年遲疑地問，沒忘記中秋節是讓人變肥的日子。

「又沒關係，今天是中秋節啊！」曉君說完向店員揮手，趁勝追擊地喊：「我還要加點！」

番外篇、不給糖試試看

夜店。

寂寞的靈魂與尋歡的野獸聚集在這裡，放縱或尋覓，觀望或獵食，端看各自欲望。昏暗的舞池擠滿隨著音樂搖擺身體的男男女女，他們互相貼近，偶爾挑逗地觸摸彼此身體又或者輕吻，嘴唇過客似地擦過身邊異性的臉頰。

打扮成護士的舞者在舞臺熱舞，炫目繽紛的燈光閃爍不斷，偶爾照見她們臉頰綻裂的傷口跟血汙，卻沒有任何人嚇著。因為這是化妝，今晚是萬聖節主題的狂歡派對。各種想像得到的萬聖節裝扮都出現了，殭屍摟著骷髏的肩膀、吸血鬼跟兔女郎談笑、畫著屍妝的女僕跟科學怪人跳著舞……

夜店一角的吧檯，一個歌劇魅影打扮的男人與身邊的貓女女伴肩膀貼著肩膀。這名魅影男穿著燕尾服，身材是男模的等級，高挺而結實，別具魅力。魅影飲著調酒，貓女突然湊上來，雙臂摟住他的肩膀，接著貼近的是玫瑰色的唇。貓女熱情索吻，魅影以唇回應。

熱吻的兩人沒有發現躲在暗處窺伺的「死神」，當然並非是真的死神，同樣也是萬聖節裝扮。那人把身體裹在黑色的連帽披風底下，臉部只露出鼻子以下的部份。因為他實在太安靜而且隱藏得相當巧妙，幾乎完全融入陰影，就連其他經過的男女也沒有發覺，還以為是個裝飾。

誰都沒瞧見死神偶爾會從兜帽下露出眼睛，即使在黑暗中仍是那樣清澈得足以將人看穿。死神自始至終在關注的就是魅影跟貓女。

在長達一分鐘的深吻之後，貓女調皮地摘下魅影的面具，那張充滿陽光般爽朗氣息的俊俏臉孔因此顯現。居然是以豪。他微笑著拿回面具，並不急著戴上，而是挑逗地反擊，不斷輕點貓女的黑色面罩。

貓女索性大方摘下，主動拉著以豪進入舞池，緊貼著以豪跳起舞來，以豪親暱地摟著她的腰，貓女則撫摸他厚實的胸膛。

死神仍在看。

以豪跟貓女玩累之後又回到吧檯，以豪溫柔撥順貓女的頭髮，然後在她耳朵邊說了些什麼，貓女欣然點頭，跟以豪一前一後往出口走去。這時以豪突然回頭，正好與死神的視線對上。

死神沉默地拉下兜帽，在以豪跟貓女離開之後，悄悄地尾隨。

以豪跟貓女上車，兩人在駕駛座說了好一會話，貓女咧嘴笑得花枝亂顫。之後才由以豪駛離夜店。車子奔馳在夜晚的馬路上，經過幾個街區之後，車子緩緩轉進一邊的小巷子裡，路燈彷彿約定好似地全都沒亮，漆黑一片。

以豪將車子熄火，然後摘下魅影面具，平靜的表情在黑暗中慢慢變化。副駕駛座睡著的貓女當然無法發現以豪的異狀。以豪食指敲著方向盤，似乎在等待。十分鐘之後，一個人影從車子後方接近，直接來到駕駛座邊的車窗外。

以豪搖下車窗，口氣很是不悅：「下次不要再找我幫這種忙。」

車外那人是個黑髮少年，有著一張清秀好看的臉。他淡定表示：「我太內向，不擅長這種事。」

「難道我看起來就像個情場高手？還是夜店玩咖？」以豪的眉頭皺得很緊，臉部痛苦地糾結，「剛剛她居然還伸舌頭！你有沒有漱口水？」

「沒有。」少年說，「你怎麼會覺得我帶著那種東西？」

以豪用力敲了方向盤兩下，理所當然地說：「既然你會隨身攜帶消毒酒精，那麼帶著漱口水也很合理不是嗎？」他煩躁地從車門邊的置物處拿起全新未開的礦泉水，迅速扭開瓶蓋後含進一大口水漱口，然後推開車門，將水吐向巷裡的水溝蓋。

「她每晚都會帶不同的男人回家過夜，這讓我不方便動手。只能麻煩你。」少年說著爬進駕駛座，摘掉貓女的面罩，確認是目標沒錯。這名打扮成貓女的女人是傑克會成員，時常流連夜店跟酒吧挑選過夜對象以及開膛的獵物。

至於這名少年，專職獵殺傑克會成員又擁有強烈潔癖的，除了十年還會是誰？

以豪整整用了三瓶礦泉水漱口才終於罷休。如果時光可以倒流，他絕對不會答應十年幫這種忙，原本以為只要在酒裡下藥，然後把這女的引出來等待藥效發作就可以了，誰知道這女的會這樣主動！

其實以豪在那當下，頭皮完全發麻而且想直接將她推開，還不斷在心裡說服自己：「把她當成姚醫生、把她當成姚醫生……」可惜催眠完全無效，以豪只能在心裡悲憤吶喊，恨自己的傻。

「你要怎麼處理她？」以豪用非常、非常嫌棄的眼神盯著昏睡的貓女，這女的連姚醫生的萬分之一都比不上。同時，他的腦海浮現一百種殺死這女人的方法，還有股想要親自動手的衝動。

「勒死。」十年像在談論天氣似地輕鬆，從背包中掏出麻繩。背包裡面還塞著一大團純黑衣物，是剛才在夜店裡扮成死神用的。

「不，交給我處理。」以豪冷哼一聲，勒死實在太便宜這女的了。他掀開褲管，一對銳利的錐子連同護套繫在小腿肚上。他抽出錐子，爬進駕駛座。幾分鐘之後，完全承受以豪怒氣的貓女千瘡百孔，全身被刺滿血洞。

以豪用礦泉水洗掉臉頰跟雙手沾上的血跡，再把錐子按在燕尾服外套上抹淨，然後將外套扔進車裡，

一旁的十年拿著手機正在通話，聯絡的是收購商。「一具，地址是……」

「連車子一起處理掉。」以豪提醒，隨手用力摔上車門。他不要再看見這個女的，絕不。

在原處等待收購商時，十年發現擋風玻璃邊放著南瓜燈造型的糖果盒，放滿精緻的糖果。他短暫思考之後將那糖果盒取出。

「沒想到你喜歡吃糖。」以豪說。他一邊思考該不該立刻趕去找姚醫生，把這女的剛剛對他造成的陰影全部抹消掉。可是姚醫生如果知道他跟別的女人接吻，不知道會有什麼反應？她會生氣嗎？那隱瞞被強吻的部份好了……

不、不可以，我不能欺騙姚醫生，我對她一定要毫無保留！以豪用力搖頭，開始

自責自己的不忠。無數小劇場在以豪腦海裡上演，相較之下他與過份淡定的十年完全是兩個極端。

收購商終於無聲無息地出現，依然是那套宅急便制服跟壓低的鴨舌帽。他一聲不吭地坐進駕駛座，關上車門後直接將車開走。

以豪跟十年都思考過收購商是如何處理這些被帶走的屍體，可惜沒有親眼見證的機會，只有各種不確定的想像。

××××

兩眼浮現黑眼圈的曉君克制住想就地躺下的衝動，已經是凌晨兩點，但她依然在加班。這幾天都在忙著公司籌備的展覽，因此忙得沒日沒夜，正常的睡眠跟準時的三餐都變成遙不可及的妄想。

看著嚴重落後的進度，還有身邊同樣眼睛充滿血絲、睡眠嚴重不足的同事們，曉君不禁納悶，自己好像註定無法擺脫社畜的身分？口袋的手機突然震動，通常在這麼晚的時間還有通知絕對不會是好事。她立刻祈禱不會是廠商或是主管傳來的訊息，手指邊顫抖邊點開螢幕。

「什麼啊，這傢伙。」曉君嘖了一聲，又忍不住微笑。她藉口要去上廁所然後溜出公司。在不遠處的路燈下，那個任性得像貓的黑髮少年正等著呢。

「怎麼突然來找我？」

「忙完，剛好經過。」十年說得輕描淡寫，隨手遞出麥當勞外帶的餐點。

「這樣啊……」曉君乾笑，十年口中的「忙完」有很多種意思，但都不會是一般人可以接受的那種。她接過紙袋，發現還很溫熱，心裡忍不住感動。「等我這陣子忙完請你吃飯好嗎？就當謝禮。你、你為什麼露出那種表情？我一定會找很衛生很乾淨的餐廳啦！」

曉君邊說著習慣性地搥了十年的肩，發現他另一手拿著南瓜造型的糖果盒。十年明白曉君視線所見，順手交出糖果盒。「這也順便給你。」

「太好了，我正好可以快速補充糖份。我到現在都還沒吃晚餐，血糖嚴重不足。」曉君喜滋滋地揀了顆糖果，撕開包裝後扔入嘴裡。是藍莓口味的，又酸又甜，滋味很好。

沉浸在甜食喜悅裡的曉君將糖果包裝先塞入口袋，打算帶上樓再丟掉，但驚覺有股濕滑的奇怪觸感。她攤開手掌一看，發現手指上有紅色的汙漬，立刻聯想到十年說的「剛忙完」……

「為什麼你要拿沾血的糖果給我吃！」嚇壞的曉君吐出糖果，不斷乾嘔。

「啊。」十年發出極短的驚呼，想到剛才以豪拿著錐子洩忿地把貓女捅成蜂窩，應該是那時候鮮血正好噴進糖果堆。真是太湊巧了。

「下次我會檢查的。」十年的口氣平淡依舊，甚至有點事不關己，讓曉君更氣。

「下次我就不敢吃你給的東西了！等一下，這份麥當勞應該沒問題吧？」曉君掀開紙袋，神經質地檢查每一處，但她忘記手上的血跡未擦，反倒將血印在漢堡的紙包裝上，連薯條也難以倖免。曉君因此再次崩潰。

十年拿出消毒酒精跟面紙，「擦過應該就沒問題了。」

「怎麼可能沒問題，都已經沾到血了！換作是你會吃嗎？」曉君好想哭。不對，已經哭了。

「絕不。」十年毫不猶豫地回答。

「嗚！」身為地獄倒楣鬼的曉君還是只有崩潰的份。

就這樣，崩潰的曉君與看著她崩潰的十年，度過了完全沒有萬聖節氣氛的萬聖節。

番外篇、不必加班的週末

曉君踏出電梯，在公司外迎接她的是天邊的夕陽餘暉。她佇立著，站在人行道凝望天空，就差沒捏捏臉皮，讓疼痛確認這並非幻覺。

在定期性的加班日常之後，週末前忽然的準時下班讓曉君不能適應。

踏入職場成為社畜後，好久沒體驗到這樣美好的時刻。她伸起懶腰，深呼吸，雖然入口的盡是都市廢氣，卻也覺得淨化了肺。身體輕飄飄的，好像要騰空漂浮。

準時下班的感覺實在、實在是太美好了！曉君忍不住歡呼出聲，理所當然引來路人的側目。她尷尬低頭，快步離開。

坐在老舊的二手機車上，曉君沒有立刻發動，而是在想該怎麼度過這難得的閒暇時刻？

她手托著腮，望著馬路擁擠來去的車龍，希望能獲取靈感。各色不同的汽機車擠在柏油路上，夾雜對街匆忙的行人，視野越是撩亂，腦袋越是空白。

完全、不知道、該作什麼。曉君抱著頭，苦惱不已。好像久困籠中的鳥，不能適應突來的自由滋味。

不死心的她在機車上糾結了好一會，最後，仍是認命回家。窩在小套房吃便當配韓劇。

把便當空盒塞進垃圾桶，曉君忽然感到莫名的空虛，連韓劇男女主角終於解開誤會、含淚擁吻的精彩鏡頭都覺得平淡。

曉君看了看時間，居然才晚上八點。但是已經沒什麼想作的了。她又一次陷入沉思，獨站日光燈下。在套房的中心，認真靜下心傾聽自己的聲音。

時間緩慢流逝，曉君終於下定決心。

她跳上床，窩進棉被裡面，決定睡覺。

××××

沒了加班的體力消耗，曉君睡得特別飽足，這一覺直到中午。睡飽了，肚子也餓了，她決定去吃火鍋，慶祝這樣美好的週末。

外頭的天氣爽朗，騎摩托車的曉君哼著歌，感受輕拂的微風。心情正好的她開始想像火鍋冒出的騰騰熱氣、隨著沸騰湯汁滾動的火鍋料、爽口的鴨腸……直到機車忽然熄火。

「沒油了⁉」曉君驚呼，真是晴天霹靂。

後方來車可沒同情她的處境，兇猛的喇叭不斷，接連呼嘯而過。曉君小心翼翼把車牽到路邊，懊悔昨天不應該因為準時下班，一時得意忘形忽略了油的存量。

搜尋最近的機車行，曉君認命地牽著車，徒步前往。曾經美好的晴天景象，在她眼裡看來忽然顯得格外殘酷，飄浮的藍天白雲、路上閒逛的路人，對比後都像在嘲笑她的粗心。

冒汗的曉君喘著大氣，等待紅燈轉綠。馬路的一端彷彿無限延伸，重重招牌林立，就是不見機車行的蹤影。

「為什麼會這樣……」曉君好想搥頭。本來順利的話，現在應該坐在火鍋店裡開開心心放肉片下鍋的。

「車壞了？」突然有人問。

曉君想也沒想，直接回答：「不要亂說話，車子沒油已經夠慘了，壞了還得了？」

順勢抱怨的她忽然驚覺，不該這麼直接。本來想向對方道歉的，可是撇頭一看，頓時驚訝得說不出話來，這人怎麼會在這裡？

那個像貓任性又行蹤不定的少年，睜著一對過份淡然的雙瞳，看起來有些無辜。

「你、你怎麼會在這裡？」曉君驚呼。

「路過。」十年答得俐落，順便提醒：「綠燈了。」

「啊……？喔！」曉君趕緊牽車，十年好心地在後頭幫忙推動。她回頭匆匆一問：「你今天放假喔？」

「我不用上班。」十年說得輕描淡寫，卻羨煞曉君。

她頓時有種傷口被人撒鹽的悲劇感。這傢伙的確不是一般人，當然不會有同樣的作息。在羨慕之餘，曉君想起，十年雖然不必活成社畜，但接觸的對象說不定比慣老闆更加狠毒……那些嗜殺的恐怖瘋子……

有了十年的幫助，讓曉君要比獨自奮鬥時輕鬆多了，也沒那麼困窘。順利抵達機車行，補滿了油，曉君仍不放心地反覆確認油量，連車行老闆都忍不住出聲：「你放心啦，加滿了。沒問題。」

曉君尷尬笑了笑，重新戴起安全帽，準備去享用滿心期待的火鍋。還沒向十年道別，那傢伙已經無聲無息走遠了。曉君趕緊催動油門，行駛到十年身邊。「你怎麼就這樣默默走掉？」

「不是沒事了？」

「你這樣說太無情了吧，本來想請你吃火鍋的！」曉君故意這樣說，好奇十年的反應。

可惜食物對十年的誘惑力等於零。他面不改色，淡然婉拒：「沒關係。」

曉君大失所望，果然十年冷淡的時候要比冰山更寒，讓人無法進攻。她忽然好奇，在這種人潮大量湧現的時間，十年為什麼會出現在街上呢？是恰好閒逛、或是別有目的？

比起白晝，十年是更加適合在月下行走的人。

為了得到答案，曉君開始糾纏。「你到底要去哪？」

「沒去哪。」十年不動聲色加快行走速度，可惜雙足快不過車輪，拉不開足夠的距離。

騎車尾隨的曉君完全沒發現，自己看起來根本像是在騷擾少年的變態大姊姊，連路人狐疑的注視都一併無視了。

「十年十年十年，你要去哪裡？」窮追不捨的曉君沿路狂喊。

十年終於受不了了，猛然回頭，曉君沒料到他反應如此突然，下意識急煞，劃出銳利難聽的煞車聲。

「很遠的地方。」十年的口氣，難得有被冒犯的不愉快。

「很遠的地方？」曉君不解地重複，這聽起來好像某種預告，常常出現在電影裡，通往不祥的結果。說完這句話的人不是消失，就是……死去。

「你不要作傻事！」曉君奮力阻止，換來了十年的一頭霧水。「你要珍惜生命，不要亂來。傑克會什麼的雖然很兇殘，但是你不要拿自己的命開玩笑，全部賠上去不值得！」

「不……」十年連解釋的機會都沒有，曉君不停嚷嚷：「還是他們找上門了？」眼看無法打斷，十年乾脆拿出一張便條紙，塞到曉君眼前。

「哎？」曉君歪著頭，看清紙上的字跡。

是一行地址。

× × × × ×

失去才懂得擁有的珍貴，恰如曉君這時候的心情寫照。牽車走了幾百公尺，終於體會到騎車原來是多麼痛快又便利的一件事。

雖然假日的路況更糟，車與車的距離都陷入擦撞邊緣，更別提搶載客的計程車蠻橫地變換車道。但對曉君來說，機車能夠正常發動已是萬幸。

後座的十年戴著黑色的西瓜皮安全帽，那是曉君唯一的備用品。雖然造型滑稽，幸好黑色與十年極為相襯。

上了橋，纏人的風有河水的潮濕味道。橋下的基隆河面遍布細密波紋，暈散水中倒影，躍動的波光像閃爍發亮的魚鱗。

「那個地方超級遠的，你怎麼會想去？」曉君提問，可是等不到答案。她以為是橋上過大的風聲掩蓋了說話的聲音，待下橋又問了一次。

「想看看。」十年答得簡短。

「我才不信。」曉君吐槽，不過沒追問。既然十年不說，那就不說吧。今天她已經胡鬧夠了。

曉君不時停下，確認沒有偏離行駛路徑。這裡從未踏足，路名顯得特別陌生。

沿路所見不如市區繁華熱鬧，多是社區與獨棟住宅。偶爾有遛狗的居民經過，太陽下的哈士奇看起來懶洋洋的，有一種被硬拖出門的倦怠感。

終於抵達目的地，曉君看了看地址，與Google Maps來回比對。實在不明白十年來此的用意，真的只是看一看嗎？

下車的兩人摘去安全帽，擱在機車座墊上。

他們眼前是成排的連棟住宅，半新不舊，幾戶人家的陽臺晾著衣服，在斜射的陽光裡，隨著午後微風輕晃。

「這裡有你認識的人？」曉君問。

認識的人？十年的黑眸緩慢掃過，曾經散滿石頭與碎瓦礫的空地不在了，被闢成綠地、蓋起房子。當時的小屋也被鏟平，沒留一點痕跡。

沒人看得出究竟留有什麼，只有十年明白。在幼小無助的童年時期，唯有此處是他得以安心的庇護所，卻也是惡夢之地。

尋回完整的記憶後，他花了好一些時間準備。幾次放棄的念頭在腦中滋生，被他盡力揮去，好不容易才決定回到這裡。

可是什麼都不剩了。

「已經不在了。」十年回答。這是今天少數誠實的答案。不在了，他想見的人從好久、好久以前就不在了。

就剩他了。

十年忽然走了起來，憑著直覺、與僅存的對路的熟悉感。

起初，路仍是相當陌生。可是忽然，都認得了，知道從這個路口往右走會通往什麼地方、如果左轉又連接到哪。他越走越快、越快……直到那座擁有鞦韆的院子出現在視野裡。

十年驀然止步。好像隱約看到那個年幼的自己，經過院子外面。

「你是誰？」當時，那帶著嬌氣又倔強的聲音問。

當時的小十年無法回答，現在的十年亦無答案。儘管他有好多、好多話想對那個人說。

十年走向前，停駐在圍籬前。鞦韆無人，橡膠座墊脫離一端的鍊子，垂落在枯黃的泥土地。鞦韆的掛架布滿紅褐色的鏽蝕，這種殘破感擴散到整座院子，連帶住屋都染上悲悽的色調。

屋內的人與十年同樣失去重要的人，是不能被形容的創痛。

曉君放任十年陷入回憶，沒有打擾。全部看在眼裡。她無法拼湊出背後的故事，只知道這些地方對十年來說有必然的重要性。

她守在旁邊，守著這個哀悼過去的少年，直到他恢復以往的冷靜。

「走吧。」是十年先開口，領著曉君原路走回。

路上又遇見遛狗的居民，哈士奇湊上來，好奇地嗅著。十年輕巧避開，有一種視若無睹的淡漠。

這一次，他又更加完整了。

戴上安全帽，他坐回曉君的車，忽然聽見賊兮兮的笑聲。

「我大老遠載你來這裡，是不是該有些回報？」

「你要什麼？」十年忽然有些頭皮發麻。

「很簡單，小事情，你一定可以配合。」

曉君的笑容燦爛得讓十年有種想直接下車的衝動。不過最後還是投降了，無奈地嘆氣：「算了……你說吧。」

「去吃火鍋！大吃特吃心情就會好，相信我！」曉君不等十年反悔，油門一催，衝了出去。

在迎面而來的涼風中，十年回頭，看著身後越來越遠的景色。直到一次轉彎，好不容易認清的街道被阻擋在新建的樓房之外，被遠遠拋下。

十年明白，無論多少年又歷經了多少變化，他都不會忘記發生過的一切。永遠不會。

「再見了。」他輕輕地說，向那個嬌氣又倔強的聲音的主人道別。

鏡小說 004

獻給殺人魔的居家清潔指南

作者：崑崙
責任編輯：劉璞
責任企劃：劉凱瑛
美術設計：賴佳韋

主編：李佩璇
總編輯：董成瑜
發行人：裴偉

出版：鏡文學股份有限公司
11070 台北市信義區東興路 45 號 4 樓
電話： 02-6633-3500
傳真： 02-6633-3544
讀者服務信箱： MF.Publication@mirrorfiction.com

總經銷：大和書報圖書股份有限公司
242 新北市新莊區五工五路 2 號
電話： 02-8990-2588
傳真： 02-2299-7900

內頁排版：宸遠彩藝有限公司
印刷：漾格科技股份有限公司
出版日期： 2018 年 7 月 初版一刷
2022 年 9 月 初版八刷
ISBN： 978-986-95456-4-8
定價： 320 元

國家圖書館出版品預行編目 (CIP) 資料

獻給殺人魔的居家清潔指南 / 崑崙著.
-- 初版. -- 台北市 : 鏡文學, 2018.07
272 面 ; 13×21 公分 . -- (鏡小說 ; 4)
ISBN 978-986-95456-4-8 (平裝)

857.7　　107008782